Canon 5

六十七個笑聲

王世勛著

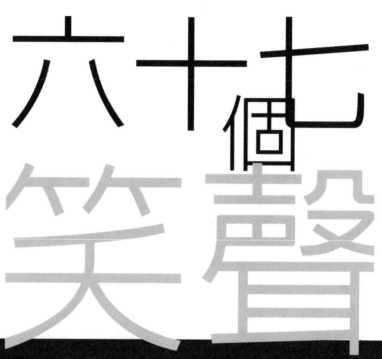

目次

【輯二】

卜序

卜大中

台灣政論界的文風大體上有五種，一是單刀直入型，不囉唆、不講究文采，解剖刀一般直指事物核心。第二種是嬉笑怒罵型，或諷刺、或反諷、或譏嘲、或搞笑；或無厘頭，由側面迂迴進攻問題點。第三種是散文型，用抒情筆調採隱喻、比喻、類比、感觸的方式評論時政。第四種是學究書袋型，喜歡引經據典、旁徵博引論政；一則炫耀學識，二則選擇性引用，三則拉權威來爲自己幫腔作勢，反正那些學術權威不是洋人，就早已死了，不會有人出來指責作者斷章取義或扭曲原意。第五種是文學式政論，以文學的筆調及氣氛評論時事。

第一種人最多，因爲最容易，也易讀；第二種不很容易，會流於流氣和不好笑，著名者如唐湘龍是寫得好的；第三種早年很多，是過氣的落伍寫法，現只有傅建中還在耽溺其中自我感覺良好；第四種也不少，讀之令人厭煩，有如老太婆的纏腳布，而且常引喻失義，誤導讀者。第五種寫的人最少，因為不容易。要準確使用文學論政又不出錯，是高難度的事。以文史入論，也是儒家的傳統。

王世勛的政論集之與眾不同，就在文學論政，因此少了單刀直入的辛辣，嬉笑怒罵的刻薄、散文式的逾放、掉書袋的自以為是與矯情造作；因此王世勛評論時政就有溫柔婉約的情調了。這是好現象，因為台灣政論界太過激情，用詞用句口味極重，並不是文明的民主社會應有的文章風度。王世勛的緩緩說理給了我們很好的政論典範。

無疑，本書的立論是親台反中的，對政客及亂引文學家來為自己服務的欺世盜名者也不留餘地，因此不免會被無恥者戴上什麼綠朝御用文人的帽子。扣帽子是理虧又無恥的人唯一的武器，在台灣很流行。王世勛對有些文學家很有研究，尤其是對愛爾蘭的歷史與幫愛爾蘭獨立的英國詩人葉慈，很喜愛也很熟悉，因此對有人故意引用葉慈反台懼共十分憤怒，起而反駁，大快人心。因為那是對葉慈的羞辱與背叛，不是無知就是曲學阿世。

本書有很多啓發性的觀點，是一般政論文章看不到的，例如對大爛片《英雄》的批評、對章孝嚴「不容青史盡成灰」的嘲笑、對白先勇的感慨、對金門王的懷念、對連雅堂和辜顯榮的戲弄、對台灣阿Q的譏刺、對「黨國佛教斂財主義」的不喜、對福澤諭吉、西鄉隆盛和柏楊的稱讚等等，都有出人意表的看法。

總之，王世勛的政論含有堅持自由、民主、尊嚴、人權的精神，因此一定被親中分子所忌，而這也是他引以爲榮的地方。我想他愛引用卡夫卡的句子自況，一定是有原因的：「敢冒險就是堅忍，一心一意投入生命，一切的困難皆視若無睹地活下去」。

愉快的六十七個笑聲

——讀王世勛的當代文化及政治評論集

宋澤萊

毅然捨棄上一屆立委競選後，王世勛有了短暫的休息日子，又恢復了一個作家的身分，不久出任了「中華文化復興運動總會」的副祕書長這個職位。從將近二十年忙碌的議員生活忽然間閒置下來，在外人的看法裡，一定會以爲他很難適應，但出乎朋友的意料之外，他顯得相當從容，豁達幽默，仍然談政治、說人生、論文化，同樣都是妙語如珠，滿座笑聲。顯示了他這一生所累積的豐富文學修養及政治經驗對他所起的巨大作用，他是一個不惑於世事和人生的人！簡言之，他不同於時下台灣一般的政壇人物。

有一天，他忽然對朋友說，他開始在諸如Taiwan News這類的雜誌上寫短文，他說每周都寫一篇，而且計畫要寫很久，要朋友們給他指教，好壞都要告訴他。我本來以爲他要寫政論，就像電視上那些「扣應」的節目一樣，揮舞意識形態大刀來砍殺政敵一樣，揣測大概是一篇又一篇「自明之理」的文章。因此我特別到書店去找這份楊憲宏主編的政論刊物，想要給他一個很大的「指教」。結果當然出乎我的意料之外，儘管他仍然不離時下政治、社會的現象面來書寫，卻都是從文化的觀點來著眼論述，特別集中在電影、文學、歷史、宗教知識這幾方面來立論，我一看就知道這些文章存在著很高的價值。

這些乍看是有關時局的一篇篇評論，表面上都很短，但綜合起來看，卻隱藏著極其廣闊的時代文化認知，應當說是一種廣泛的「當代文化論評」，它們都奠基在一個龐大的文化知覺上然後抓緊時事被寫出來，從台灣、中國、日本、南亞、布拉格、愛爾蘭、美國到無法確定的國度，立論所涵蓋的地域範圍一再延伸，既博又廣，不過由於都是立基在作者五年或十年或更久的文化素養上被寫出來，就變得很有重點，也顯得很專門，叫人無從懷疑和反駁。

比如說，當他要討論目前「台灣文化」對「台灣建國運動」的重要性時，他不會像一般人那樣只是喊口號，他會從愛爾蘭的「葉慈」和「伊蒙・戴・瓦勒拉」這兩個人寫起，讓人感到台灣也和愛爾蘭一樣。那麼，作者對愛爾蘭在獨立以前和獨立以後的文藝復興運動就必須要有一定的了解，深通愛爾蘭的文學史以及深懂文學奧義也變得不可缺乏，這時他的「小說家生涯」和「政治家生涯」就幫了他一個大忙，使他比一般人更了解其中所牽扯到的微妙變化，他寫的葉慈和瓦勒拉就不像一般人所寫的那麼表面，而能洞見幽微，叫人信服。又比如說他從陳履安的經商失敗來反應台灣當前台灣佛教的亂象，乍看是一篇急速書寫的文章，但裡面已經牽涉到很深奧的對「大乘佛教」的批判問題，假如不懂「原始佛教」的人，一定無法知道其中的祕密，這都要仰賴作者二十年以上出入於佛學的心得才能達成。又比如說他也寫了「卡夫卡」，用來反應台灣和布拉格在極權時代時的荒謬現象，這也關係到他二十幾歲起就閱讀卡夫卡的經驗。總之，這些立論和認知都不是一時可得，而非要長期將生命投注於文化和政治中才可得到的結論。他這些文章可以反應他在文化和政治這兩方面的廣博經驗。

大致看來，王世勛這些文章特別推崇「本土價值」和「普世的自由民主價值」，也就是說他不但為台灣前途而寫，也為這個世界能否更自由民主而寫。這兩個價值也是自從一九八〇年代他糾合文化界同僚創辦《台灣新文化雜誌》、一九九〇年代創辦《台灣新文學雜誌》、二〇〇〇年代創辦《台灣e文藝雜誌》的總價值，到現在並沒有改變。我們可以在這本書中看到他寫本土體裁的電視影片，以及闡述史蒂芬．史匹柏的電影，都是立基在這兩個價值上的文章。他這種對昔日理想的堅持，能夠再度喚起我們對往日價值的熱情，眞是叫人愉快的事！

這本書裡頭不乏對一些變形言論和不平事件作下批判，王世勛快人快語不假詞色，卻顯得很幽默。比如他對資深報人南方朔的某些誤導的言論的批評就很有趣，他對南方朔直說「倘非心存詐僞，就是頭殼壞掉了」；對華航一再出事的最好解決方法直說不是讓它「救贖」（意指賠償空難的家屬），而是「只能消滅」（意指將它解散）。當我們讀到這些句子時不禁就愉快地哈哈大笑起來，其文妙哉，這種愉快的閱讀感覺眞是難以言傳！

從青春時代開始，王世勛差不多把他的半生都貢獻給台灣文學和台灣政治了，一向以簡單和樸素過活，沒有爲自己累積任何經濟上的優渥，除了換得一個擔任「里長」的老婆和幾個學業有成的子女以外，能貢獻的都貢獻出去了，下半生到底還能做什麼呢？這是他的知音都想猜透的問題。但是，我仍認爲，王世勛最好的道路還是台灣文學和台灣政治，並且我認爲他還能走得比上半生更好，他從容不迫、豁達幽默的性格將幫助他達到一個頂峰，這正是我和他來往半生不疑的論斷和信心！

自序

王世勛

一九八四年得到諾貝爾獎的捷克詩人雅羅斯拉夫・塞佛特，在晚年所出版的回憶錄《世界如此美麗》的序文中，引用了一九五七年諾貝爾獎得主法國作家阿伯特・卡繆的一句話來作爲開場白：「我們沒有時間孤獨，唯有歡樂的時間。」

卡繆在二次大戰期間，從事對德國納粹的地下反抗運動。而塞佛特則是戰後捷克淪爲蘇聯附庸，並遭武力鎮壓的過程中，身受其害的見證人。他們兩人對人生都能保持如此樂觀、歡愉的態度，實是智慧過人。

所以，當宋澤萊建議用「六十七個笑聲」，來作爲這本有六十七篇文章的集子的書名時，我除了感到佩服之外，只有欣然表示贊成了。

去年四月，我到文化總會來接任新職，Taiwan News綜合周刊的李瓊月小姐邀我寫專欄，我馬上很高興地答應了。因爲那時我正爲作家李喬的長篇小說《寒夜》搬上公共電視演出而深受感動，並且有感而發地寫了一篇短文，正好可以拿來發表。而且，整整十六年民意代表的政治生涯之後，能有機緣再度提筆爲文，也是很寫意的一件事。

於是，每個星期寫一篇稿子來發表，讓我像一隻跳回水中的小青蛙，徜徉在水中，回味著昔日還是一隻小蝌蚪的日子。我始終在潛意識裡認爲，由文學而政治，使我成爲一個兩棲動物。

但青蛙終究不是蝌蚪，在水裡一蹬一蹬的姿勢，也沒有蝌蚪那樣悠然自如，經常爲了一篇文章而搞得頭昏腦脹。硬撐了一年多下來，當印刻出版公司的初安民兄答應爲這評論出書時，我又開始爲這些文章裡，一些可能存在的淺薄與謬誤，感到擔憂與煩惱。

因此，所謂「六十七個笑聲」的另一個意義是，希望看了這些文章而發現我「言多必有所失」的人，能淡然一笑置之而不以爲忤。這種要求似乎有些一廂情願，但莎士比亞不是說過：「在舞台上，人們各依角色演出，而無須過問劇本」嗎？只有笑聲，才是人間最永恆與最美的存在。這是我出書前最誠摯的眞情告白與懺情之言。是爲序。

輯一

在《寒夜》之後

台灣近百年來，先有異族殖民，再有外來軍事專制政權的壓制與欺凌，其間辛酸血淚與獨有的台灣經驗，將是台灣成為國際社會中具有獨立國格的最堅固、有力的基石。

以台灣先民開拓血淚史爲主要內容的大河小說《寒夜》搬上公共電視以來，引起台灣社會一定的迴響，電視媒體的「台灣文學熱」似乎已隱然展開。

除了已開拍的《金水嬸》外，東方白的百萬字大河小說《浪淘沙》、文壇耆老鍾肇政的《魯冰花》，甚至左翼台獨前輩史明的鉅作《台灣人四百年史》大都已敲定搬上螢幕的計畫，再加上之前爲公視製作「文字過家」節目的開典文化工作室以及立委彭添富辦公室有意促成的吳濁流名作《亞細亞的孤兒》，乃至擬議中的鍾理和名作《笠山農場》，和《寒夜》後之《荒村》、《孤燈》，這不只是台灣文學熱而已，台灣人躍上歷史舞台，重塑自我心靈圖像的時代已經來臨。

這是一個很令人感動的時刻。

台灣近百年來，先有異族的殖民統治，再有外來軍事專制政權的壓制與欺凌，前述諸作品都是在相當困厄及艱難的客觀環境條件下寂寞無聲地默默完成的。這些作品能夠漸漸成爲大眾傳媒的主流價值，對台灣社會具有極爲正面的意義。

文學影像化是一個民族形塑其族群心靈自我圖像的最佳方法之一，可以使生活忙碌的現代人，在欣賞電視影劇的娛樂之中，重新省思認識自我的嚴肅課題。

除了一部又一部的大河小說以外，七十年代鄉土文學論戰前後所出現的所謂「鄉土文學」作品，是台灣文學創作的一個高峰期，一篇又一篇珠玉般的中短篇小說比比皆是，也都非常值得以戲劇或電影的方式呈現於社會大眾之前。

除了形塑自我以外，台灣人在電影藝術中所呈現的風貌，也將是台灣人走向國際舞台的另一蹊徑。史提芬．史匹柏的《辛德勒的名單》、張藝謀的《活著》，還有布萊德．比特所演的《西藏七年》（即《火線大逃亡》）都反映了歷史動盪而殘酷的實相。台灣從鄭成功登台、清兵攻台、台灣割讓日本、西來庵起義、文化協會及農民組合的抗日、二二二八事件、美麗島事件、林宅血案。其間辛酸血淚與獨有的台灣經驗，將是台灣成爲國際社會中具有獨立國格的最堅固、有力的基石，《寒夜》之後，這也許應是台灣社會應當努力的一個課題。

聆聽一首〈唐山過台灣〉

將信仰媽祖的民間力量，引導入教育及醫療水準的提升，讓媽祖成為台灣真正的守護神，為應當是比較實際而具有意義的事。

每年在農曆三月傳統的台灣媽祖聖誕的季節，都會想到陳明章以媽祖及先民渡海爲主題的民謠風很重的台灣歌曲——〈唐山過台灣〉。

今年在媒體上看到一年一度台灣最盛大的大甲媽祖慶典中，居然爆發嚴重的肢體流血衝突，更是想要找一個靜靜的夜晚，聆聽這首罕見的好歌，仔細欣賞或品味其間所訴說的曲境三味。

陳明章以「乎乾啦」的〈流浪到淡水〉這首歌走紅歌壇。但其實他早先出版的《下午的一齣戲》更是一張難得水準韻味都極高雅精致的專輯。這張專輯裡，陳明章發揮了他特有的以台灣傳統鄉土樂器譜出的優雅音調奏出最具本土風味的曲調。〈唐山過台灣〉是其中演奏時間最長的一首，充滿了極具感染力的歷史感。

——手舉三支香，拜託媽祖婆仔，你就保庇，平安到淡水。咱的祖先呀，唐山過台灣……

這不僅是一首歌曲，也是台灣人這個渡海民族共同的心靈曲調——航過波濤洶湧的黑水溝，平安到台灣，平安在台灣生活下去……

如果看過這份資料，更能體會先民渡海的心境。在早年渡海的先民，根據統計資料，只有五十％安全抵達台灣。其餘的五十％當中，有二五％折返大陸，另外二五％，則是在黑水溝成為了沉沒海域的冤魂。每次聽著〈唐山過台灣〉這首曲子，總會記起這份資料的數字，心頭別有一份感傷。

早期渡海的先民，仍有部分在沿海從事漁獲維生，媽祖從此成為不但是台灣的守護神，更是漁民出海尋求庇祐的神祇。台灣沿海媽祖寺廟四處可見，宜蘭的南方澳，更有罕見的一千多公斤黃金打造的金媽祖，人民對媽祖的虔敬，並不亞於每年一度的大甲媽祖數十萬人參與的慶祝風景。

大甲媽祖活動的衝突，並非始自今日，包括廟方的董監事改選，都曾在槍枝武力的威脅中進行。而這也絕非大甲獨有的怪現象，雲林北港媽祖廟，派系衝突也十分嚴重。

聽一首〈唐山過台灣〉能讓心靈對媽祖有更具深度內涵的回味。但要眞正讓媽祖成爲台灣眞正的守護神，將信仰媽祖的民間力量，引導入教育及醫療水準的提升，讓台灣成爲一個更健康更具書香文化氣質的社會，應當是比較實際而具有意義的一件事。

金門王與他的人生舞台

回顧台灣人的歌謠史頁，台灣人常有無限的辛酸與苦楚。難以數計的台灣人，尤其是遠在異邦者，當他們唱起自己的歌時，音符中是閃爍著淚光的。

走過了四十九年的人生歲月，在拾級爬梯而上，感覺到呼吸困難而渾身乏力時，金門王大約已意識到，他人生舞台的帷幕，已緩緩垂降……

在人生最後的這幾年裡，因爲《流浪到淡水》，金門王與李炳輝這兩位以台灣基層社會最忠實親切的老朋友的形象，風光地走上了作曲家陳明章與台灣社會爲他們所搭建的人生舞台上。

在《流浪到淡水》之前，陳明章在《下午的一齣戲》這張專輯裡，就以繁複少見的台灣廟會常用的傳統戲曲樂器的演奏，再加上以台灣意識爲主的史料及人物，鋪陳出具有強烈台灣特色的歌曲世界。

在這個歌曲世界裡，有先民唐山渡台庇求媽祖庇祐的宗教情懷，也有披荊斬棘、篳路籃褸的開拓經驗，有台灣歌仔戲班的滄桑，上溯中國屈原的批判台灣曲調，更有陳達的行吟快板……

接下來出現的《流浪到淡水》，陳明章曲調中強烈的台灣意識，呈現出另一種面貌。他不再訴說悠遠的台灣故事，而以另外一種平靜、簡約的台灣風，鋪陳出台灣底層民眾的人生，無奈與辛酸成了主調。當作曲家在曲中呈現這樣的主題時，我們可以感受到他的心是溫暖的，更可以意識到最真摯的關懷已在曲中譜出。

經濟成長、政治民主化以後的台灣，在陳明章所建構出來的舞台上，出現了金門王與李炳輝這樣的社會弱勢者，是相當符合整個台灣社會發展脈動的。金門王與李炳輝二人的走紅，風光地走上人生的舞台，似乎也預告了一個屬於台灣人的時代就要來臨了。這與七〇年代鄉土文學論戰與校園民歌的崛起，預告了美麗島啓動的社會變革將要來臨是一樣的。

回顧台灣人的歌謠史頁，台灣人常有無限的辛酸與苦楚。難以數計的台灣人，尤其是遠在異邦者，當他們唱起自己的歌時，音符中是閃爍著淚光的。走在社會底層的金門王與李炳輝，在還未躍上陳明章與台灣社會爲他們搭建的光亮舞台之前，相信其感受要比一般台灣人來得深刻。

金門王走得乾脆，遺憾的是人生苦短。不過，可以確定的是，在《流浪到淡水》以後的金門王，在他的人生舞台上，響起的音符是喜悅的。因爲，他所走過的人生，在最後的階段裡，不但有意義，而且有尊嚴——一種新時代自功利社會逆轉而來的台灣人的尊嚴。

謝幕了！金門王，時代已爲你刻下了掌聲！

一位正在被遺忘的作家

二二八事變以後的台灣，人權與牢獄成了台灣人最大的禁忌與魔魘。施明正以他出世的浪漫主義，優雅的人生態度，用他的筆，深刻而沉重地寫下人權的淪喪。

約莫在八十年代的初期，台灣文壇的作家與文友們的聚會中，經常會出現這樣的一幅景象與身影：一名看來具有專業繪畫能力的人物，帶著微醺的神情，正靜謐而專注地爲與會的作家或文友以淡淡的筆觸描繪著肖像。

在作畫的時候，這位畫家的神情很明顯地呈現出一種忘我而飄逸的氣氛出來。偶爾，他也會停下來，輕輕地啜一口酒，再繼續他的描繪工作。

這樣的身影與景象，極端地符合英國哲學家羅素在他的《西洋哲學史》裡所說的一句話：「人類在發明了酒以後，才開始了浪漫主義。」

如果將浪漫主義定位在對現實的不滿與譴責或遺忘的話，羅素這樣的說法，是非常適用於在一九八三年得到吳濁流文學獎的台灣作家施明正的。

施明正在他的小說與詩作當中，反映的正是這樣的人生態度。而在一九八三年得獎的〈喝尿者〉及其同質性的〈渴死者〉所描繪的對象，都是在監牢中長期被囚禁而扭曲了人性的人類。施明正將他在牢獄中感受深刻的人物呈現在他的小說作品中，這在當時猶是軍事戒嚴統治的台灣，具有劃時代的意義。這兩篇作品後來收錄在《島上愛與死》集中出版，隨即遭到了警備總部的查禁，就反映了這個意義。

自一九四七年二二八事變以後的台灣，人權與牢獄成了台灣人最大的禁忌與魔魘。施明正以他出世的浪漫主義，優雅的人生態度，用他的筆，去揭發了這樣的魔魘，突破了國民黨軍事統治下最大的禁忌，深刻而沉重地寫下人權的淪喪，而奠定了他在台灣文壇不朽的地位。

施明正的文學來自他的體驗，他與他後來極其著名的弟弟施明德因荒謬的政治理由而坐了國民黨四年的黑牢。

施明正在得獎後沒幾年就去世了，結束了充滿酒與浪漫主義的人生。就現實的觀點，施明正的浪漫主義被打敗了。但就施明正本人來說，他以他的酒與浪漫主義，徹底地打敗了現實。

關於施明正，除了前年公共電視由李喬主導播出的「文學過家」節目中曾出現過他的一些浮光掠影以外，幾乎已被完全遺忘了。在施明正所要遺忘的人生與社會消失了以後，現在這樣的遺忘是很荒謬的。

伊蒙「正名」的故事

「無論就技術或者其他方面而言，我都不是英國子民，祈願上蒼讓我到死都不當英國子民。」這句話強烈無比的「正名」效果，應當是愛爾蘭脫離英國統治最有力的思維基礎。

愛爾蘭獨立建國運動的領導人，也是後來建國後的第一任總理伊蒙．戴．瓦勒拉（Eamon De Valera）在一八八二年出生於美國紐約市時，名字並不叫伊蒙。

根據史料，他的父親首先為他取名喬治（George）並辦了出生登記，後來到教會受洗時，因爲舅舅愛德華的堅持，改名爲愛德華（Edward）。

小愛德華三歲時，父親去世，媽媽因爲生活的關係，把他託給同在紐約的小舅愛德華扶養。倒楣的是，小舅竟生了病，只好帶著小甥兒回綠草如茵的翡翠之島－愛爾蘭養病，順便把小傢伙交給外婆、姨媽、舅舅、舅媽一大票人一起照顧，時爲一八八五年。

自一五三六年開始，統治者英國人禁止愛爾蘭人使用「本土」的蓋爾語，小愛德華回到外婆家時，全家只有外婆一個人會使用蓋爾語。阿舅、阿姨、阿妗講的都是英語。

根據瓦勒拉後來的回憶，在他十三歲時去世的外祖母，自他回到愛爾蘭後，在生活中經常跟他講蓋爾語。憑這回憶我們可以想像，在紐約牙牙學英語的小娃兒，遠渡重洋回到外婆家，聽到外婆講的是另一種「嘰哩咕嚕」的奇怪的語言時，必然在他幼稚的心靈裡留下難以磨滅的印象。畢竟，在所有的長輩都使用英語跟他交談時，講蓋爾語的外祖母當然顯得十分特殊。我們也許可以推斷，她當時就以蓋爾語叫他「伊蒙」了，而「伊蒙」就是「愛德華」的蓋爾語發音字。

瓦勒拉漸漸在學業上顯露出他過人的才能，到他上了天主教會所設的中學時，他也發現，懂蓋爾語不只有他外祖母，還有天主教會會士的學校老師們，比他外祖母更進一步地很有心地在保存著蓋爾語文，並有系統地教導他們。

十九世紀末葉在愛爾蘭由文藝界開始推動的文藝復興運動，其兩大主軸就是母語（蓋爾語）運動與去英國化的運動。在這文藝運動啓蒙之後，愛爾蘭即開始逐步走進腥風血雨的獨立建國運動。一九一六年復活節起義，愛爾蘭人武裝占領郵政機關成立愛爾蘭攻府，而遭無情的屠戮時，瓦勒拉就已經是此一行動站在第一線的領導人。

成爲建國運動的領導人以後的瓦勒拉，就正式以蓋爾語爲自己正名爲伊蒙（**Eamon**）。當時他還留下一句名言：無論就技術或者其他方面而言，我都不是英國子民，祈願上蒼讓我到死都不當英國子民。這句話應當是愛爾蘭脫離英國統治最有力的思維基礎，具有強烈無比的「正名」效果。

瓦勒拉後來成爲愛爾蘭共和國的總理、總統，並且活了九十四歲，應該是世界最長壽的「國父」。

愛爾蘭的文化復興運動與建國

愛爾蘭文藝復興運動的主軸有二，一是去英國化，另外就是提倡以蓋爾語從事文學創作和演出戲劇。所以，愛爾蘭的文藝復興本質上是一種國家文化的復興與建立。

愛爾蘭的文藝復興運動起於一八八二年，這個運動的主軸與目前台灣的本土化運動非常相似。

根據已去世的台大外文系教授吳潛誠博士在他所著的《航向愛爾蘭》這本著作裡所述，愛爾蘭文藝復興運動的主軸有二，一是去英國化，另外就是提倡以蓋爾語從事文學創作和演出戲劇。蓋爾語是愛爾蘭的母語，當時已遭統治者大英帝國禁止使用了兩百多年。

後來當選愛爾蘭獨立建國後第一任總統的海德（Hyde）博士就曾說過：「沒有愛爾蘭文學，就沒有愛爾蘭共和國。」海德自己也眞的寫了一本厚達千頁的《愛爾蘭文學史》。這標幟著愛爾蘭文藝復興是以建國爲目標，所以，愛爾蘭的文藝復興本質上是一種國家文化的復興與建立。

大英帝國統治愛爾蘭的期間相當長久，約爲四百多年，但其統治方式除了殘酷的武力鎮壓以外，就是在經濟上逼愛爾蘭人爲農奴，於是結下不解的血海深仇。而英國又以愛爾蘭天主教會爲壓迫的重點，反而使愛爾蘭天主教會在整個歐洲天主教會因掌有權勢而墮落腐敗之際而保有樸實堅韌的活力與草根性。愛爾蘭天主教會的學校，幾乎也都成爲母語及建國運動的搖籃。

在愛爾蘭那樣與英國人結下血海深仇的地方，也有主張應由英國人來統治愛爾蘭的統派。而當時主張獨立建國的團體使用的是綠色的旗幟，因爲愛爾蘭古稱翡翠之島，綠色是愛爾蘭的主色。而主張與英國統一的統派使用的旗幟是橘色的，這與目前台灣的親民黨使用的顏色爲橘色竟完全相同。

由於有文藝復興運動的啓蒙，愛爾蘭人在一九一六年起義，宣布成立愛爾蘭政府，於是英國政府大肆捕殺愛爾蘭的反英分子。而愛爾蘭反英組織則以大肆暗殺英國政府重要幹部爲報復。直到一九二二年，英國才與愛爾蘭談判，讓愛爾蘭成爲自由邦也就是自治區。但愛爾蘭人仍不以此爲足，堅持要求獨立，於是獨立派與自治政府爆發武力衝突，引發了兄弟相殘的內戰。

關於這段歷史，演過《辛德勒名單》的連恩尼爾遜與茱莉亞羅勃茲合演的——《Micheal Collins》（中譯《豪情本色》）一片中有很翔實而細膩的演出。

愛爾蘭的文藝復興運動使愛爾蘭走向獨立，終於在一九三七年成爲共和國。但因東北方的北愛爾蘭郡仍屬英國領土，仍然血腥衝突不斷，直到布萊爾首相上台後採懷柔政策才使衝突趨緩。

愛爾蘭文化復興運動完成了建國的使命，但在文學的領域裡，並非所有愛爾蘭的文學家都認同此一運動，大師級的小說家詹姆斯·喬哀斯就不參與此一運動，堅持以英語創作，而臻文學頂峰。

愛爾蘭的蓋爾語運動直到晚近仍遭到文學家的質疑，一九九六年得到諾貝爾文學獎的詩人黑倪（Heany）就曾沉重地問說，如果用英語可以寫出好的文學作品，難道非用蓋爾語不可？

當然，這是愛爾蘭已成爲一個共和國以後，自然要面對的一個問題。

政治與語言的迷思

人都有母親，自然族群有母語。很少聽說有人會因母語如何起衝突。但不同的族群在一起，卻因為有不同的母語，而造成彼此之間的衝突與仇恨。

政黨輪替以後，語言政策一直是社會紛亂的根源之一，不但跟語言沾點邊的拼音問題弄得教育部長火大口出「笨蛋」，連已下台自稱「神鬼戰士」的前任部長曾志朗談到通用拼音還猶有餘恨。

如果曾志朗是「神鬼戰士」，那在他背後插刀的暴君大概就是「語言」了，說得更精確一點，是「語言」的孿生兄弟——意識形態的魔鬼操的刀。

人都有母親，自然族群有母語。很少聽說有人會因母語如何起衝突。但不同的族群在一起，卻因爲有不同的母語，而造成彼此之間的衝突與仇恨。

衛視西片台最近播了一部名爲《天使的孩子》的影片。這是根據普立茲傳記文學獎得主愛爾蘭裔作家蘭克．麥考特的自傳所改編的電影。在螢光幕上，一名愛爾蘭教師嚴厲地教導學生，「愛爾蘭母語是最好的，而英語則是奸詐與邪惡的。」對於愛爾蘭以外的人，這實在是很難想像的一件事。

其實，英國人以屠殺爲統治愛爾蘭的基本政策方針，英語對愛爾蘭人來說，不只是邪惡，甚至是死亡的魔咒。

就人口來說，愛爾蘭人得到諾貝爾獎的比例相當高，但這些桂冠作家使用的語言卻是英語，因而未在愛爾蘭受到普遍的認同，連七年前得獎的詩人黑倪都因此而耿耿於懷。

語言問題之複雜，尙不止於此。一九七八年得諾貝爾獎的作家以撒．辛格是另外一種罕有的特例。辛格是生於波蘭的猶太人，自小使用意第緒語，他的文字也使用這種被專家形容爲「瀕於絕種」的語言。

辛格生於一九〇四年，一九三五年避禍移居紐約，到一九七八年得獎，一直在世界之都紐約專心致志以他的母語意第緒語建構他的文學，他的成就撼動了瑞典學院，也撼動了世界文學的殿堂。

可是，在以色列這個猶太人的國家裡，國語是希伯萊語，混有德國文法的意第緒語在希特勒大屠殺以後，逐漸走向滅絕之路。辛格也成了憂鬱與孤寂的桂冠作家，漂泊於世界上所有的國家之外。

而這也正好是瑞典學院頒獎給辛格的主要原由。頒獎詞中明指辛格保存的是「波蘭地區猶太人的文化傳統」，而在一九四五之後，這是已消逝而不存在的。

所以，所謂的國際接軌之說，在一九七八年（以辛格得獎起算）後的第二十五個年頭的二十一世紀的今天看來，是頗違反世界多元活潑的趨勢的。

王育德與他的台語建國路

在《王育德全集》裡，除了台語研究之外，也展現了作者對台灣文學的關懷與熱愛。只要台灣人繼續說台灣話，將台灣話傳給你們的子子孫孫，總有一天，台灣必將獨立。

出版小林善紀《台灣論》中文版而引發台灣政壇風暴的前衛出版社，前一陣子又出版了備受矚目《王育德全集》，在出版記者會上，斗大的標題獨尊王育德為「台獨教父」。可惜馮滬祥沒來燒書，場面顯得有點冷清。

當天出席記者會第一位發言的台獨聯盟主席黃昭堂雖語多輕鬆幽默，但聽得出來，這位在新政府成立後出任總統府國策顧問的獨派大老，對於當年在東京的恩師仍有無盡的緬懷與肅穆的哀思。

另外在會場發言的兩位來賓，文建會副主委吳密察與台北市長候選人李應元，則分別點出王育德的作品特質，吳密察認爲，王育德的《苦悶的台灣》是要瞭解台灣史最簡要的一本著作，李應元則以愛爾蘭建國的角度來爲王育德定位，指王育德是「台灣的歐李瑞」。

對於在戒嚴時代享受過「雪夜讀禁書」之樂的人來說，吳密察的看法不但頗正確，而且也會勾起一股莫名所以的感歎，有人在會後還談到當時也被禁的喬治．柯的《被出賣的台灣》與彭明敏的《自由的滋味》。然後，感歎道：「時代當眞是不同了！」這是對民主自由眞正降臨台灣的贊歎與感懷。

至於愛爾蘭的歐李瑞，在已故的台大外文系教授吳潛誠博士所著的《航向愛爾蘭》裡有頗爲詳盡的介紹，歐李瑞不但是愛爾蘭文藝復興運動的啓蒙者，更因倡議愛爾蘭獨立運動而遭英國統治者逮捕下獄而飽受酷刑。而愛爾蘭文藝復興運動的核心就是母語的提倡。

從這次《王育德全集》的內容來看，台語的研究占了非常大的比例，這些書早在十五年前即以日文寫作完成，不難體會出王育德和他的台語建國路走來是如何艱辛與寂寞。

在愛爾蘭的獨立運動史上，撰寫《愛爾蘭文學史》的海德博士曾提出，沒有愛爾蘭文學史，就沒有愛爾蘭共和國的看法，在《王育德全集》裡，除了台語研究之外，也展現了作者對台灣文學的關懷與熱愛。

當天到場的還有坐過美麗島政治黑牢以後十多年來提倡台語不遺餘力的作家楊青矗，他的臉上比別人多了一分喜氣，他的媳婦陳淑華在年初當選了台中市的議員。但對楊青矗這位走紅七十年代的鄉土文學作家而言，母語的發揚光大應當是更大的喜悅。

如果連同去年得到總統文化獎的吳守禮也加上去，王育德與他的台語建國路，愈來愈寬敞通暢，也許有一天會如在王育德這位先行者身後致祭的日籍友人遠山景久先生所說的：「只要台灣人繼續說台灣話，將台灣話傳給你們的子子孫孫，總有一天，台灣必將獨立。」

評南方朔對葉慈的惡譯與詐用

身為愛爾蘭兄弟同盟會的一員，葉慈對於其他懷有共同理想的兄弟的犧牲，除了以詩作來加以悼念，並對戰爭予以正面肯定，而激起了愛爾蘭人對於獨立戰爭的熱情。

評論家南方朔在二〇〇二年八月十九日以〈大詩人葉慈的感概〉爲題在《中國時報》第二版發表了一篇評論，引述了諾貝爾獎大詩人葉慈的短詩〈應邀爲戰爭寫詩〉來批評時政，不但批判陳水扁的「一邊一國論」，也抨擊呂秀蓮訪問印尼的外交突破，認爲扁政府將把台灣帶向戰爭邊緣。

這是一篇刻意扭曲葉慈，斷章取義，又錯亂地加以詐僞惡用的評論。

先說詩的譯文，南方朔的譯文如下：我認爲在這樣的時候寧可／詩人的口保持沉默，事實也是這樣／因爲我們並沒有校正政客的能耐／他們很容易討好藉著各種操作／

對花樣年華的少女但卻未奮發向上／或對老人正面臨冬夜的悲哀。

南方朔上面這段譯文，讓這首詩變得令人不知所云。我們只要拿來對照著名詩人楊牧的譯文，就可了解到這首詩的正確譯法所顯示出來的詩意：我想在這種時候詩人最好還是／將嘴巴閉起來，因爲事實上／我們並無天分可資糾正政治家也者；／他們向來參與不少，一時頗能取悅／慵倦青春年華裡那麼一個少女，／或皤然一叟，在冬天的夜裡。（見洪範書店版八十五頁）

兩篇譯詩相較之下，不但可看出南方朔的拙劣，更可以很清楚地看出他對關鍵字的扭曲，故意把第二行的政治家惡譯爲政客。在同一譯本八十四頁葉慈使用的對照原文裡，是**stateman**，而非**politician**。

由於這篇詩文的惡譯加上評論內容的詐用，很容易使讀者誤以葉慈是反對愛爾蘭獨立運動與戰爭，但事實卻正好相反。葉慈不但贊成「一邊一國」，而且還爲戰爭詠歎。在同樣一本楊牧所譯的《葉慈詩選》中的一一一頁〈復活節．一九一六年〉詩中，葉慈不但在詩中追懷他在獨立戰爭中死去的好友，更反覆提到這次戰爭，是「一可怖之美由此誕生」。一九一六年的復活節起義，是愛爾蘭獨立運動採取武裝軍事行動的新起點，身爲愛爾蘭兄弟同盟會這個主張獨立建國革命組織的一員，沒有直接投入戰爭的詩人葉慈，對於其他懷有共同理想的兄弟的犧牲，除了以詩作來加以悼念，並對戰爭予以正面肯定，而激起了愛爾蘭人對於獨立戰爭的熱情。

愛爾蘭人自此與英國的武裝血腥衝突一直未曾停歇，雙方死傷累累，一直到一九二二年底，英王突然有一天問首相喬治·勞合，你要把我的子民全部槍斃殆盡嗎？才使戰爭停歇。英軍在談判後退出愛爾蘭，愛爾蘭也因此成爲自由邦，直到一九四八年又成爲共和國。

在戰爭期間，愛爾蘭的武器來自英美同盟的敵對國德國，愛爾蘭一邊要美國支持其獨立運動，一邊又與德國暗通款曲，這種與魔鬼打交道的玩火外交是愛爾蘭外交政策的主軸，前後達三十年之久，並貫穿兩次大戰。這又遠非目前台灣政府與呂秀蓮的破冰外交可比。

更値得一提的是，在愛爾蘭出生的葉慈是血統純正的英國人，又是愛爾蘭天主教徒視爲天敵的新教徒。雖然他對愛爾蘭的同情，被愛爾蘭獨立基本教義派批評爲仍是「英國式的」，但他敢於參加主張獨立建國的愛爾蘭兄弟會，又熱心參與愛爾蘭文藝復興運動推動本土文化，比起在台灣的華裔中國人來，尤其是聒噪不堪的統派，顯然是更可愛又更有良心多了。

在愛爾蘭成爲自由邦後，葉慈還因爲他在文學及對愛爾蘭的貢獻，成爲上院議員，前後總共六年。如果他是南方朔所說的反戰統派，那絕對得不到這項榮銜的。

所以，寫這篇評論的南方朔，倘非心存詐僞與欺瞞，就是頭殼壞掉了！

葉慈與茉德．岡的戀情

葉慈拿槍不行，卻以筆作槍在文化戰場上建立了他不朽的地位。不像台灣的統派華裔中國人，一聽到可能會有槍聲，就嚇得屁滾尿流。

不深入去了解愛爾蘭建國運動與愛爾蘭文藝復興運動之間錯綜複雜關係的人，有時看到諾貝爾獎大詩人葉慈的詩作時，經常會被搞得一頭霧水。

其實要了解葉慈的詩作，除了這層關係以外，還要更進一步去了解大詩人與茉德．岡之間的戀情。

葉慈在認識茉德．岡以後，經常以下面這句話來形容這位被他驚為天人的女性：

「我生命的災難於焉開始。」

葉慈與岡之間的關係，就某種意義來說，正好也可以用來形容葉慈與愛爾蘭之間的關係。

這怎麼說呢？因爲，茉德．岡本身雖是一位大美人，也在葉慈爲愛爾蘭文藝復興運動與獨立運動所寫的劇中擔綱演出，但她其實並不欣賞文縐縐、紙上談兵的葉慈。岡被稱爲愛爾蘭的聖女貞德，是一位火辣辣的行動主義者。她在當時的文藝復興運動主張的路線是實用的、要直接有助於建國的。這與葉慈的唯美的、藝術至上的路線是有分別的，甚至在某些時候是起衝突的。葉慈甚至因爲這樣的主張而一度引發基本教義派對他的攻擊，而在文藝復興運動啓蒙老師歐李瑞的勸說下，到法國去避了一陣子。爲什麼到法國？因爲法國就是唯美主義與藝術至上論者的天堂。

而茉德．岡在葉慈的劇作中演出的《胡拉洪之女凱思琳》正是一齣鼓吹革命戰爭的作品。葉慈在晚年反思這齣戲時，還爲這齣戲引發了一九一六年的復活節起義而自問：「我是否因這齣戲而將很多年輕人送到英國人的槍口下？」

簡言之，葉慈並不像電影《阿拉伯的勞倫斯》片中眞正的勞倫斯本人，既可以提筆爲文，又能帶兵在沙漠中神出鬼沒、以寡擊眾、克敵致勝的一代名將。詩人是作品偉大，但要他拿槍，卻是不行。

所以，葉慈在〈應邀為戰爭寫詩〉、〈一九一六．復活節〉，這兩首戰爭詩中顯露出來的心態是補償性而微帶醋意的。在〈復活節〉詩中所描寫死去的上校，就是茉德．岡的丈夫。茉德．岡喜歡的是眞正能拿槍上戰場殺英國人的愛爾蘭人。

所以，葉慈後來也因此被英國作家歐登稱他是「被瘋狂的愛爾蘭刺傷成詩」。但愛爾蘭人還是很尊敬葉慈，在一九二二年推薦葉慈為自由邦上院議員時，推薦的理由是：「若沒有詩人葉慈，就沒有愛爾蘭自由邦。」

對茉德．岡的苦戀使葉慈後來向岡的女兒求婚，理由是她長得很像媽媽，大詩人此舉結果當然是碰壁。葉慈一生潛心詩作以外，情鍾東方玄奧之學，也與此有關。

葉慈死後為政府迎靈回愛爾蘭，帶隊迎接的就是茉德．岡與為國捐軀的上校所生的兒子，當時已在愛爾蘭政府擔任部長。

純正英國血統的桂冠詩人葉慈與愛爾蘭和茉德．岡一生苦戀，至此畫下句點。

更嚴格來說，葉慈拿槍不行，卻以筆作槍在文化戰場上建立了他不朽的地位。不像台灣的統派華裔中國人，一聽到可能會有槍聲，就嚇得屁滾尿流。沒錯，我說的就是南方朔之流。但歷史的鐵律是，凡跪求和平的，必招來戰爭。

南方朔是哪一種送信人？

如果政治人物需尊重媒體的批判能力，而媒體工作者卻以無冕王自居，始終自認是不需受到制衡也批判不得的第四權，有了這種的「送信人」，社會會好到那裡去呢？

評論家南方朔在《新新聞周刊》上發表了一篇名為〈別錯怪了送信人〉的文章，猛烈抨擊「媒體環保日運動」，認為目前媒體的亂象，是反映了當前社會的本質，媒體只是「送信人」而已，對「媒體環保日運動」把帳算在媒體頭上，表示強烈不滿。為了證明論點的正確，還把美國開國元勳傑弗遜扯到文章裡，並從傑弗遜身上，引申出這樣的結論：「收到了不喜歡的信，千萬不要轉恨於送信人。此刻的台灣價值崩潰、是非混淆，說謊公行，寡廉鮮恥。我們的指揮棒，可千萬別指錯了方向！」

南方朔在文章最後二段，也就是為他的論點作總結時，這樣把傑弗遜扯進來的：

「在大家都在評論媒體時，可能必須反芻美國開國元勳傑弗遜那句如果他在媒體和政府間選擇，他寧願選擇媒體的名言裡之深意。」

看到這段話，有人可能會覺得很眼熟，不錯，這句話正是陳水扁總統前一陣子在談及媒體與國家安全時所說過的話。

如果我們依照現代社會分工的觀點來分析南方朔的論點，所會得到的結論，是對南方朔極其不利的。怎麼說呢？道理很簡單，因爲照現代社會分工的觀點，政治也好，媒體也好，其實都各自是一種行業。政客、評論家其實都是靠政治或寫作新聞評論謀生的人。說得更明白一點，是從他的行業得到利益的人。如果政治人物需尊重媒體的批判能力，而媒體工作者卻以無冕王自居，始終自認是不需受到制衡也批判不得的第四權，這在邏輯上是完全站不住腳的。

尤其，發起這次「媒體環保日運動」的是《人間福報》及各大媒體，如果南方朔的論點可成立，豈非「媒體無須自律」將成爲永恆的眞理？

更荒謬的是，南方朔竟將媒體的擅色腥歸咎於政治人物的沾腥，那豈非意指將偷拍或販售色情偷拍光碟的行爲判決有罪的司法機構是錯誤的？

以南方朔所引述的傑弗遜爲例，難道可以因爲他與非裔女傭發生戀情而指控當時的美國社會是一個充滿羶色腥的道德崩潰、寡廉鮮恥的社會嗎？反過來說，傑弗遜也不因爲這段婚外情而影響他在美國歷史上崇高地位。

不說美國，回過頭來說台灣，就以南方朔最尊敬的蔣經國先生爲例吧，不是在贛南與章亞若女士譜出「雙人枕頭」，又生有最近吵著要認祖歸宗的章孝嚴，還不是無損於他在南方朔心目中的偉大地位嗎？南方朔在文中痛罵鄭余鎮與王筱蟬，那先上道的章孝嚴，怎麼說呢？

所以，中國式文人的泛道德主義，所引發的對法治與邏輯的無知與錯亂，其實正好會導致一種道德上的淪喪。這正是魯迅所說的，滿口仁義道德，一肚子男盜女娼的眞諦。你不覺得吃了一輩子媒體飯的南方朔在各大主要媒體發起媒體環保自清運動時，竟然振筆高呼「我們的指揮棒，可千萬別指錯了方向」的樣相，不正好就是某一種類型的無恥嗎？

用南方朔的邏輯，有了他這種「送信人」，社會會好到哪裡去呢？除非有人能治好他的錯亂症，恐怕很難吧？

卡夫卡文學的一種悖論

對於荒謬的恐怖惡靈的驚懼，不但是卡夫卡心靈上揮之不去的夢魘，也是他的文學世界的核心與主軸。

捷克作家米蘭．昆德拉在詮釋卡夫卡的文學世界時，引述了一個眞正發生在布拉格的故事，並以這一個故事爲卡夫卡的文學下定義。這個故事非常生動有趣：

一位布拉格工程師被邀請去倫敦參加一個科學討論會。他去了那裡，參加了討論，然後回到布拉格。回國幾小時後，他在辦公室的《紅色權利報》——黨的官方日報——上讀到：被派爲代表參加倫敦某討論會的一位捷克工程師，在西方報界發表一污衊社會主義祖國的聲明，並決定留在西方。

一次非法移民加上這麼一個聲明並非小事。要坐二十幾年的監獄，工程師不相信自己的眼睛。但是那篇文章講的是他，毫無疑問。他的女祕書走進他的辦公室，見了嚇了一跳：「我的上帝，她說，「您回來了，這不對頭，您看見寫的關於您的事了嗎？」

工程師從女祕書的眼睛看到了恐懼。他能怎麼辦？他急忙趕到《紅色權利報》編輯部。在那裡找到了責任編輯，編輯表示抱歉，的確，這件事使人難堪，但是，他在其中任何責任也沒有，他收到的這篇稿子是直接從內務部來的。

於是工程師又去那個部。在那裡人們對他說：是的，肯定是搞錯了。但是他們與此任何關係都沒有，他們說倫敦使館他們的祕密部門收到了關於工程師的報告。工程師要求闢謠。人們對他說，沒有闢謠這回事，然而向他保證他不會有什麼問題，儘管放心。

但是工程師並不放心。相反，他很快意識到他突然處於嚴密監視下，他的電話有人竊聽、他上街有人跟蹤，他再也睡不好覺，常作噩夢，直到有一天，他冒著眞正的危險非法離開了他的國家。這樣他眞的成了一個移民。（見牛津大學出版社出版《小說的藝術》第七十九頁到八〇頁）

昆德拉並據此爲卡夫卡式的文學下定義：「我在前面講的故事人們會毫不猶豫稱之爲卡夫卡式的故事。」（見同書八〇頁第二節）。

看完這個故事，很容易看出這個卡夫卡式的故事說的是荒謬的白色恐怖。對卡夫卡本人來說，這種對於荒謬的恐怖惡靈的驚懼，不但是他心靈上揮之不去的夢魘，也是他的文學世界的核心與主軸。他最著名的《城堡》、《審判》、《蛻變》三大傑作，反映的就是這個本質。這個本質後來在歐洲，尤其在共產專制統治下的東歐更成爲一種先知性的預示，而使卡夫卡的文學隨著年代的久遠而益形其偉大。

回過頭來看台灣，在蔣家一黨專政的時代，彭明敏的遭遇不正好就與那個布拉格工程師有幾分神似？在那個白色恐怖年代的台灣，有難以數計的人含冤坐監、遭到刑求，無端成爲槍下亡魂。更悲慘的當然就是祖孫無故遭到屠戮的林宅血案了。

在蔣後的台灣，尤其是公元兩千年政黨輪替、完全民主化以後的台灣，冤曲平反，死者被追悼。卡夫卡文學世界的惡靈與夢魘，在二十一世紀的台灣正逐漸遠離，台灣人在島上呼吸的是民主與自由所帶來的新鮮空氣……。

這是我最近在《新新聞周刊》上拜讀了南方朔引用卡夫卡的話來攻擊、咒罵目前的台灣是一個寡廉鮮恥、價值淪喪的社會後的一些心得與聯想。坦白說，要弄清楚卡夫卡的文學並不容易，但如果仔細思考昆德拉爲卡夫卡所下的定義，再加上對歷史演變的一此觀察，可以確定的是南方朔引用卡夫卡來攻擊自由民主的新台灣，對卡夫卡的文學來說，是一種很徹底的悖論。這種錯亂，正好也是南方朔所寫的文章的固有特質，當然他會在卡夫卡的文學迷宮裡找不到出口。

唸一首捷克的小詩

新春文薈裡，陳水扁總統以「靈魂的工程師」盛讚在場的文化界人士，前一陣子最熱門的文化盛事是國際書展的捷克文學熱，令人想起卡夫卡的這首詩。

卡夫卡有一次把一首詩拿給一位朋友看。這首詩的題目是〈謙卑〉。

我愈長愈小
直到成爲世上最小者。
一個清晨，夏日的草地中
我伸手觸撫最小的花朵
將臉藏於其內。低語：

在閃爍的露珠裡
上天將祂的手
凭放在你身上，小孩
你身無蔽體之物
如此，天才
不致於破碎。

這是一首很令人感動的詩，也是一首看來有幾分眼熟的詩。如果你最近看過哈維爾的〈告別政治〉這篇文章，就會對這首詩有似曾相識的感覺。坐過捷克共產黨的政治黑牢，也當了好幾年捷克總統的哈維爾，在他這篇文章裡，所要敘說的心曲就是「謙卑」，尤其在當了總統以後，哈維爾認爲，尤其更需要如此。

卡夫卡把這首詩拿給這位朋友看，是因爲這位比他年輕的朋友，正在學寫詩。他看了很感動，就說：「這是詩。」

「是的，」卡夫卡說：「那是詩——眞理包裹在愛與友誼的語言中。即使最尖細的薊和高雅的棕櫚樹一樣支撐著我們頭頂的蒼穹，如此我們這個世界的大天空才不致於破碎。」

卡夫卡的這個朋友名字是：Gustav Janouch，後來成爲捷克極著名的重要作家。新春文薈裡，陳水扁總統以「靈魂的工程師」盛讚在場的文化界人士，前一陣子最熱門的文化盛事是國際書展的捷克文學熱，令人想起卡夫卡的這首詩，這首詩並非卡夫卡所作、作者是捷克詩人Jiri Wolker，這首詩發表在一九二〇年九月五日的《花梗》周刊。

詩令人感動，也令人感慨。卡夫卡與詩的這段故事，是《卡夫卡的故事》這本書內容的一部分。這本書由張伯權翻譯，十多年前由楓城出版，已在書店的書架上消失了好幾年，最近才在台北特有的所謂六十九元書店看到，是自華出版的，一本二十九元，買三本只六十九元。

卡夫卡是二十世紀最偉大的靈魂工程師，現代文學所有的十多種流派，都可以在他的身上找到源頭，這樣偉大的作家，市場的價格是二十九元，能不令人感慨嗎？

在台中縣長任內，把文化工作當成重頭戲花大錢在推動的廖永來，前年底在國民黨派系夾殺與謠言污衊中敗下陣來，再高貴的靈魂文化工作，都不易在混濁不堪的政治圈裡生存。所以，廖永來最近又開始提筆當詩人了。

這次國際書展的哈維爾熱，國內著名的統派評論家寫文章批評他主政下的國政是如何不堪。哈維爾應當是柏拉圖「哲學家為王」的理想典型，竟被批得一文不值！這使人相信，王八只能論烏龜，叫王八論人，尤其是像哈維爾這種人，王八是不能論的。

還是回過頭來，再唸一次這首小詩吧，心情會好一點，都已是二十一世紀了。

自殺與勇氣

卡夫卡曾說：敢冒險就是堅忍，一心一意投入生命，一切的困難皆視若無睹地活下去。

大概在一九一〇年代，捷克有一個叫作威斯克福的人自殺死了。死者的朋友，也是捷克後來很著名的一位作家**Gustav Janouch**，把這件事告訴卡夫卡，並與卡夫卡就自殺的問題進行了一則對話，並且把這一則對話記錄了下來：

威斯克福死了。自殺，吃毒藥的。據說他愛上了一個年紀大他許多的女人，他是否只是爲此理由而自殺，我們不得而知。我把這故事告訴了卡夫卡，他閉著眼睛聽。我把故事說完了，他半晌沒有出聲，然後看著天花板說：「這是件極爲隱晦的事。一個人是在戀愛之中或是陷於死亡的危險裡，他自己是十分清楚的。也許你的朋友對他所愛的女人感到失望，從迷夢中甦醒來；也許她只是將他當作一種消遣；也許他認爲失去了所愛的女人，生命便失去意義；也許他想以死來向她表示他對她的看法；也許在他離開她之後，他想告訴她，如今他僅剩有的便是依自己的意願處理自己的權利。你明白嗎？」

「明白，」我說。

卡夫卡繼續說。「人唯一能夠扔棄的，只有那眞正屬於自己的東西。所以自殺可以視爲從自我的專注浮升至荒謬的一種形式，他霸取以暴力對付上帝的權利，然而實際上你朋友的這件案子裡並無暴力的存在，因爲它缺乏『力量』。自殺只是因爲失去意義而殺害自己，因爲他不能做別的，只有選取這最後僅餘的一條路，因此，他並不需要什麼『力量』，唯一需要的是『絕望』，放棄一切希望，而無需冒險。敢冒險就是堅忍，一心一意投入生命；一切的困難皆視若無睹地活下去。」（見《卡夫卡的故事》第六十一至六十二頁）

時隔將近一個世紀，由港星張國榮的自殺，我們仍然可以感受到，卡夫卡對於自殺的觀察與分析十分敏銳而犀利。每一件自殺都有多項可能，卡夫卡因此指出自殺的隱晦特質，而這也正是這次張國榮自殺的動機有諸多說法的原因。時代與人物都在改變，但自殺的本質並沒有改變。這說明了人在充滿物質的生活環境之下，所面對的最大的問題，就是他自己的靈魂。這並非僅侷限於自殺而亡者，像托爾斯泰這位享譽世界而又長壽的大文豪，最後不是以八十二歲的高齡離家出走而死於一個冰冷的小火車站？

卡夫卡這一則關於自殺的對話的後半段，則令人想起血腥又充滿暴力的日本知名作家三島由紀夫切腹自殺的可怕場面。三島以利刃在腹部割出了非常大的缺口，再由他的學生以武士刀站在他的後側砍下他的人頭。這種血腥又暴力的場面，眞的驗證了卡夫卡所謂「從自我的專注浮升至荒謬的一種形式」的說法。不但作爲作家的三島具有這種自殺特質，張國榮的自殺也是。似乎作家與影星的耀眼成就，都無法去除這樣的特質。張國榮的自殺與三島的自殺最大的分別點，則是如卡夫卡所說的，其中並無暴力，只是因爲失去意義而殺害自己，是絕望。

年代愈是久遠，我們愈能由不斷發生的事件，來感受到卡夫卡的偉大。這一則關於自殺的對話，最偉大的地方應當是它的結論：「敢冒險就是堅忍，一心一意投入生命，一切的困難皆視若無睹地活下去。」

現在讀這句話，在感覺上，覺得卡夫卡是在二十一世紀還活著的人間基督。

批判媒體：卡夫卡、史坦貝克版本

小說家史坦貝克將媒體如此分類：它有最高尚的美德與最卑劣的罪惡。這樣的分類，相當值得台灣的媒體來冷靜面對與思考。

戲謔與反諷，是《芝加哥》最大的特質，它反映了當今社會的一個大問題，就是在光亮耀眼的人生舞台上，往往掩蓋了罪惡與詐騙的醜陋眞相，而批判的焦點則集中在媒體，媒體操控了一切，以及媒體嗜血的罪惡本質。最戲謔與反諷的場景再三出現：一個持槍的女人，一個倒在血泊裡的男人，還有一堆像鯊魚一樣，但又十分愚蠢的媒體記者聞腥而至。

美國電影對於媒體如此無情的鞭笞，《芝加哥》並非首見。勞勃·狄尼洛與大帥哥愛德華·伯恩斯合演的《千鈞一刻》，殺人兇手將如何虐殺狄尼洛所飾演的警探之場景，從頭到尾全以V8錄下來，然後待價而沽，在電視台的新聞節目裡全程播放。大帥哥伯恩斯演的年輕警探，在電影快結束時，以一記結實有力的拳頭，將電視導播擊倒在地，以宣洩心中對媒體這種嗜血本質的極度不滿。

不但電影裡如此，在西方的文學裡面，這樣的觀點也早已有之，最早的應當是卡夫卡。卡夫卡對於媒體的批判十分嚴厲，不但指責媒體的虛僞與隱藏眞相，而且更直指媒體甚至是一種毒害：

「卡夫卡有次說，看報紙是文明的一種惡習，猶如吸菸一樣，你得付錢毒害自己。」（見《卡夫卡的故事》第一八〇頁至一八一頁）

法蘭茲·卡夫卡是現代文學的開山大師。即使日本當代名作家村上春樹最新的暢銷力作《海邊的卡夫卡》裡，仍可看到卡夫卡的影響力正在增生、擴大。

電影與文學雖包含在廣義的媒體範疇裡，但是對新聞媒體最深刻的批判，應當是來自自家人的約翰·史坦貝克筆下。史坦貝克不但是得過諾貝爾獎的大作家，本身更是超級大牌記者，他的專欄文章有經紀人爲他安排在歐美著名的十多種刊物上發表，然而他也批判新聞媒體：「它有最高尚的美德與最卑劣的罪惡。它是獨裁者控制的首要目標。

它是文學之母，也是信口雌黃的始作俑者。在許多情況中，它是我們僅有的歷史，然而它也是窮凶極惡之徒的工具。不過在經過悠悠歲月之後，或許因爲它是那麼多人的產物，而得以成爲我們所擁有最純潔的東西。」（見《美國與美國人》第九頁）

所以，台灣媒體界不管是面對像謝長廷控告《聯合報》這種內部紛爭，或是像《蘋果日報》來台的外來衝擊也好，對於西方電影與文學對媒體的批判，都應有冷靜的再思考。

因此，當《聯合報》的社論出現像「言論自由：天經地義、背之不祥」這種帶有濃厚皇權封建專制時代的迷信字眼時，就可以了解到這個報紙其實還活在王惕吾當蔣家政權國民黨中常委的封建時代裡。言論自由是人類以生命和鮮血換來的，絕不是什麼天經地義。在中國、台灣更不曾是，也不與「祥」或「不祥」有關。

所謂「背之不祥」中的「不祥」，與「天降祥瑞」都是皇權時代的專有名詞。而言論自由是現代民主國家必有的自然機制。

當然，皇權時代早已走入了歷史的迷霧裡，不太有人會發生興趣。可是如果《聯合報》的社論出現像「司法機關偵辦謝長廷……」如何如何，這樣觸及實際的人與眞實的字眼時，那所引發的爭議也就勢必要告到法院去了。這是現代民主法治社會與過去的皇權與神權時代最大的不同。

這是沒有自省能力的中國封建文化殘餘之低層次腦力勞動者，在現代民主法治社會所必須面臨的一項新考驗。如果這些低層次腦力勞動者是出身於像政工幹校這一類前朝遺孽的學校時，他所面對的考驗，尤其更是嚴厲。

羅馬帝國之虛擬共和——神鬼戰士

「美國價值」如果是強調自由民主與愛，這並沒有什麼不好。正如在血腥黑暗的羅馬帝國史中虛擬共和民主的美麗世界與天堂，卻發揮了藝術美化人生的功能。

好像每一個自重要職位下台的人，都喜歡以悲劇人物自況。前教育部長曾志朗如此，作家小野也如此，以神鬼戰士這個角色來凸顯自己的奮鬥與無奈。羅素克洛以《神鬼戰士》一片拿下奧斯卡小金人而走紅全球影壇。但在眞正的羅馬史裡，羅素克洛所演的這個神鬼戰士（gladiator）並不存在，是拍攝此片的夢工廠所虛擬的一個嚮往民主與共和的悲劇英雄。

眞正的羅馬史實跟電影有很多的重要人物及事件都正好相反。史實中的神鬼戰士其實就是暴君康莫多斯（Commodus）本人，康氏在羅馬帝國史上是一惡名昭彰的皇帝。

老牌影星李察哈里斯在片中飾演他的父親奧里略（Marcus Aurelius），因準備傳賢不傳子遭其子謀殺也違背史實。奧里略雖是一位賢明的皇帝，但帝位傳交其子卻是其一手主導，此舉破壞了傳賢的往例，而在史上留下污名。在羅馬史中並載有傳言指康氏是其母與競技鬥士通姦所生，皇室一再撇清此一傳聞，但康氏長大後喜歡在競技場中屠獸，且樂此不疲，證實了傳聞的眞實性很高。

競技場的鬥士在當時的羅馬社會地位不但卑下而且齷齪，身爲皇帝的康莫多斯喜歡搞這種遊戲，當然給了後來暗殺他的禁衛軍以正當的政治藉口。後來接帝位的就是電影中的元老院議員，但就帝位後大約三個月又因利益衝突慘遭謀殺，這是電影中沒有交代的。在羅馬史中這樣的謀殺常出現在皇帝身上，這是走入假共和的帝國的宿命，著名的凱撒也不例外。

何以夢工廠在製作此片時要虛擬不存在的人物和歷史？最大的考量當然是戲劇張力與票房。而片中一再出現民主共和與天堂的觀念，也是多年來夢工廠推出的電影中一再出現的雙主軸。

從《辛德勒的名單》開始，還有後來的《搶救雷恩大兵》、《勇者無懼》，史蒂芬・

史匹柏和他的夢工廠所製作的電影中一再強調的，不外乎是對民主自由的嚮往以及《聖經》中的愛與天堂的觀念。《勇者無懼》中的安東尼．霍普金斯所飾演的爲黑人在最高法院辯護的眾議員一角，更是美國早期最爲膾炙人口的人權鬥士。有人批評夢工廠推銷的是「美國價值」，但「美國價值」如果是強調自由民主與愛，這並沒有什麼不好。正如在血腥黑暗的羅馬帝國史中虛擬共和民主的美麗世界與天堂，卻發揮了藝術美化人生的功能。

只是，教育部長也好，作家也好，也跟社會大眾一般，只是以觀察一些浮光掠影爲足，倒是頗令人感慨，因爲他們在社會上所扮演的角色，必須深沉，不能只是膚淺趕時髦又引喻失當。

鄭文堂與《夢幻部落》

文建會在政黨輪替以後，重視並幫助公共電視與文化團體解決資金問題，終於獲得成效，在國際揚威，這是振奮人心又很有意義的一件事。

八月中旬的一個中午，艷陽天，從文化總會沿著重慶南路走向小南門，準備到西門町的紅樓參加一項由公共電視爲影片入圍威尼斯影展所舉辦的文化活動。

邊走的時候，邊在腦子裡追索將近三十年前的一件往事。記得也是這樣的季節，在紅樓裡看當時得了奧斯卡金像獎的《單車失竊記》。這是一部描寫三〇年代經濟大恐慌時期悲苦民眾的小故事，內容相當感人。

走到紅樓時，站在門口稍微楞了一下，一樣的建築，但顯然已脫離過去那種衰敗的感覺，呈現出了一股新的活力。

走進了會場，看到了阿堂，大家都習慣這麼叫他。跟平時不太一樣的是，臉上多了一份喜氣。平時跟朋友在一起的阿堂，是屬於比較靜默的一型，比較不容易讓人留下印象。

第一次被介紹認識時，還以爲是張照堂。對外行人來說，有時會把攝影跟電影弄混，阿堂本身的低調與寡言，也是造成了這種誤解的原因之一。

當被主持人蔡康永請上台發表感想時，平時看起來不太起眼、低調、內斂的阿堂，好像變了一個人，說起他的《夢幻部落》來，不旦神采飛揚、妙趣橫生，而且隱約可以看到他那雙眼放射出來的銳利之氣。在他與台下的演員及工作小組成員互動過程當中，也可以看出這位自己寫劇本、又能導演的阿堂，與他的合作夥伴之間，在工作之外，還建立有相當濃郁的感情。

放映短片時，鏡頭不斷令人感受到《夢幻部落》所散發出來的異質氣氛。在文字與藝術的世界裡，通常這是最爲重要的。爲這部片子譜寫插曲的原住民樂團當天也在舞台上擔綱演奏，把現場帶入一種異質而特殊的音樂氣氛中。

阿堂早年是「綠色小組」跑街頭的成員，又是民進黨的資深黨員。他這次贏得威尼斯國際影評人的最佳影片，是一項難得的殊榮，民進黨也應當覺得與有榮焉。長年以來，民進黨主張就是要關懷弱勢族群，從最早的「老兵返鄉」開始，對少數族群，包括原住民在內，都是關心的主題。《夢幻部落》是阿堂「部落三部曲」中最末一部，他對原住民的關心是漫長而深沉的。

文建會主委陳郁秀認爲這是國家文化政策的成功。這雖是官話，但本質上並沒有錯。文建會在政黨輪替以後，重視並幫助公共電視與文化團體解決資金問題，終於獲得成效，在國際揚威，這是振奮人心又很有意義的一件事。

另外，很有趣的一件事是，《夢幻部落》片主角尤勞·尤幹，也是民進黨員，在中央黨部任職，並無演戲經驗。而在阿堂導演下，展現了不俗的演技，這大概也是以前少有的。

伊力・卡山與他的年代

麥卡錫主義在美國的興起，是美國現代政治史上最恥辱的一頁。由於是以愛國為名，在當時無人敢於出面批評，因此造成美國社會內部極大的傷痕。

一九九九年的奧斯卡頒獎典禮晚會上，出現了一個前所未見的尷尬場面。當終身成就獎被頒給著名的大導演伊力・卡山時，有一半的人站立鼓掌以示尊崇，另外有一半的人坐在座位上不動以表示他們的抗議與不滿。

此時上台領獎已經八十九歲的伊力・卡山顯得手足無措，不知如何是好。面對台下近半與會人士的抗議，他的第一句話是，我該從後台溜走嗎？第二句話則是，我該解釋些什麼嗎？然後，最重要的一句話是，感謝頒獎的美國影劇學院的諒解與寬容。

在奧斯卡之前，美國影評人協會在討論類似的獎項頒發對象時，以非常果決的態度否決了伊力・卡山爲給獎的對象。這也是伊力・卡山感謝美國影劇學院頒獎的原因之一。

伊力・卡山是美國五〇年代最爲著名的大導演，導下了諸多膾炙人口的經典名作。他的很多作品即使在時隔將近半世紀的現在看來，仍然震撼人心，予人強烈的感受。

這樣的一個人之所以在美國社會引起諸多爭議，即是他在所謂的麥卡錫事件裡所扮演的檢舉者的角色。伊力・卡山早期曾經參加美國的共產黨組織，但沒多久即退出。後來由美國參議員麥卡錫主導下的美國白色恐怖興起時，伊力・卡山即向有關單位提供了共黨組織的名單。這導致了很多人因此遭到迫害。許多原本與伊力・卡山交好的劇作家與演藝界人士，對伊力・卡山此一行爲深感不齒而與之斷交甚至發出譴責。

麥卡錫主義在美國的興起，目前已確定是美國現代政治史上最恥辱的一頁。造謠、抹黑、羅織成罪是麥卡錫主義的特質。由於是以愛國爲名，在當時無人敢於出面批評，因此造成美國社會內部極大的傷痕。

從奧斯卡典禮當晚的場面來看，美國人包括影藝界人士在內，對此一事件猶抱著前事不忘的謹愼態度。更令人値得三思的是，伊力・卡山所說的寬容，與在場支持與抗議各半的場面。這反映了美國社會的自省與成熟的程度。在歷史的走道裡，美國人既沒有忘記過去，也更沒有停止前瞻未來。

在忠誠調查與麥卡錫主義的相互攻訐裡，台灣社會正好也在走向一個歷史上前所未有的境地，也許伊力·卡山以及他那個年代的故事可以提供我們一個冷靜思考的機會。

再見薩巴達

人在生活環境的變化下，是否已對其原本最熟悉的環境與事物，有了新生的疏離？而這種疏離，也許往往會發生在自認為最懂得農民的政權統治者身上？

號稱十二萬人上街頭的農民大遊行結束以後，給執政的民進黨留下了一團疑惑。民進黨自成立以來即非常重視弱勢團體的福祉，其中當然也包括農民在內。整頓農會信用部，對農民而言，長遠計是利多於弊，何以農民要上街頭？

這確實是一個大問題。美國著名的諾貝爾獎小說家史坦貝克曾寫過好幾部描繪西部農民悲慘生活的小說，在六〇年代，又由好萊塢著名的奧斯卡金獎大導演伊力．卡山根據其劇本拍出膾炙人口的電影《再見薩巴達》。由史坦貝克與伊力．卡山二人合作而成的這部電影，在某一個角度上，也許能爲民進黨的疑惑提供一些參考。

《再見薩巴達》這部片子的主角，是一九一〇年代中美洲墨西哥南方州的農民革命英雄薩巴達由崛起到遇刺身亡的故事。

當時的墨西哥農民面臨的是農場資本化及工業化的大危機，資本家結合墨西哥統治者迪亞茲逼迫農民逐漸淪爲農奴。在伊力卡山的電影裡，薩巴達一開始是向統治者陳情的一名農民代表，卻遭來統治者無情而暴虐的痛斥與對待。在官逼民反的情況下，農民開始武裝叛變，在不斷的征戰過程後，薩巴達最後成了軍事政權的最高統治者，接踵而來的是農民及土地政策的制訂，於是也引來農民成群結隊的陳情，由於種種複雜的原因，薩巴達最後對陳情的農民惡言相向，並強行驅離。

在伊力·卡山的詮釋下，由馬龍·白蘭度所飾演的薩巴達開始痛苦萬端地思索，何以自己由一名被農民所支持的英雄，在成爲統治者以後，竟然會走上過去統治者的覆轍，成了農民的敵人？

伊力·卡山沒有爲這個問題留下答案，因爲薩巴達再過不久即遭到聯邦軍的計誘而遭刺身亡。然而伊力·卡山卻留下一個問題，那大概就是人在生活環境的變化下，是否已對其原本最熟悉的環境與事物，有了新生的疏離？而這種疏離，也許往往會發生在自認爲最懂得農民的政權統治者身上？

墨西哥在二〇年代的農民武裝革命，實際的情況比電影裡的情節要悲慘很多。薩巴達的南方州在革命結束以後，死亡人數達總人口的四六%。但薩巴達的激進土地改革政策最後獲得聯邦政府採行，原本淪爲農奴的農民七五%都有了自己的土地，傳統和諧而溫馨的農村社區又開始在全國復甦，後來的墨西哥人幾奉薩巴達爲神。

對於這樣一位歷史偉人，何以文學家與大導演要對他以一種特有的角度來加以詮釋，這是歷史與文學在眞實與虛幻之間最引人關切的一個謎題。

尼克森在他的回憶錄中建議政治人物要多看文、史、哲類的作品，大概是他也曾面對這樣的謎題。

奧斯卡電影的作家書寫

由商業資本高度累積所形成的電影文化藝術，不但累積了可觀的技術與經驗，也開始在孕育一種更為普遍化、大眾化的流行人文主義。

眾所矚目的奧斯卡金像獎得獎名單揭曉，其中最佳女主角獎頒給了《時時刻刻》一片中的妮可．基嫚。妮可在片中所飾演的角色，即是二十世紀初期著名的英國女性主義小說家維珍尼亞．吳爾芙。

在奧斯卡獎的電影當中，以作家爲主角演出的例子殊爲少見。幾年前美國諾貝爾獎作家海明威參加第一次歐戰所發生的一段戀情，曾被拍爲電影《永遠愛你》，但因劇情流於風花雪月，並未引起重視。

《時時刻刻》一片在拍攝期間，即已引起相當廣泛的重視，除了吳爾芙是著名女性主義文學作家這個原因之外，電影所根據的原著《The Hours》，在美國曾連獲普立茲與福克納兩項小說大獎，也是另一個重要的因素。早在電影尚未拍攝之前，原著不但被紐約時報評爲年度最佳小說，中文譯本也早已在國內書市發行。

對於不熟悉女性主義，或者說是對於女同性戀的情境缺乏概念的人來說，對這部電影所展現的女性主義風貌，會有鬱悶遲滯的不愉快反應。但電影終歸是一種表演藝術，片中四大角色，除了妮可·基嫚以外，茱莉安·摩爾、梅莉·史翠普，還有艾迪·哈里斯精湛的演出，使這部作家電影有極爲耀眼的藝術成就。較諸一九七〇年代維斯·康堤的文學電影《異鄉人》和《威尼斯之死》，好萊塢電影在文學性作家書寫這方面的成就，已經在二十一世紀達到了一個新的頂峰。尤其妮可·基嫚對所飾演作家角色的詮釋，更是脫胎換骨，令人耳目一新，獲獎可謂實至名歸。

奧斯卡電影的作家書寫風貌，更爲重要的一個意義是，自一九七〇年代以來，以法國爲代表的歐洲電影文化工作者對好萊塢電影所攻擊的「文化帝國主義」，已經徹底消失。由商業資本高度累積所形成的電影文化藝術，不但累積了可觀的技術與經驗，也開始在孕育一種更爲普遍化、大眾化的流行人文主義。

這種人文主義的流行，對於歐洲文明長期以來所關心的人的存在價值，或者在關懷人類存在於宇宙之間的困境，都有非常重要的貢獻。《時時刻刻》一片中艾迪．哈里斯所飾演的一名剛獲獎的作家，竟選擇了以跳樓自殺來爲自己解除存在的痛苦，即反映了此一發展。

這種人文精神的另一個面相，就是此次奧斯卡獎所呈現出來的反戰氣息。美國電影工作者的反戰精神，自越戰開始即已有之。作爲美國內部的一個電影文化藝術最主要的角色，奧斯卡獎的反戰，反映的是美國作爲一個民主國家的多元主義。比起五十年前麥卡錫主義對電影文化藝術界所施的白色恐怖迫害，美國的民主與人權價值的提升是極爲明顯的。

在台灣引起極大反彈的《英雄》，此次在奧斯卡獎中再度落敗，早在影評人意料之中。《英雄》一片中所展現出來的那種「殺人有理」的帝王極權文化，根本就與奧斯卡電影愈來愈明顯的人文主義完全背道而馳。反戰在本質上就是反專制極權的。

此次擊敗《英雄》獲最佳外語片的，是德國的《何處是我家》。和獲得最佳導演與最佳男主角獎的《戰地琴人》主題類似，電影內容都是二次大戰期間猶太人所處的困境。作家乃至電影文化工作者的人文主義所關懷的，永遠是弱勢者、被迫害的族群乃至個人的困境。如果中共的《英雄》一片所表現的帝王殺人文化這種東方價值，竟在西方電影文化成為主流，那人間豈不將成為煉獄？這也是奧斯卡電影的人文價值觀所欲摒棄的一種惡質文化。

英雄敗北

秦始皇統一六國期間的屠殺與暴政，經張藝謀美化成為仁民愛物的慈悲手段，而其出發點為「統一有理」，再演繹出「殺人有理」的邏輯，當然會在奧斯卡落敗。

張藝謀所拍的以秦始皇統一六國爲主題的電影《英雄》，在奧斯卡最佳外語片的角逐中敗北。對於此一令人沮喪的結果，張藝謀以「意料之中」輕輕畫下注解。

早在奧斯卡未揭曉以前，英雄敗北幾乎已是好萊塢內外，影劇圈與影評人在預料之中可能會有的結果。擊敗《英雄》的外語片是德國片《何處是我家》，電影主題是二次大戰期間，猶太人所面對的困境與苦難。

奧斯卡另一部獲得最佳導演獎與最佳男主角獎的《戰地琴人》，主題更是住在波蘭境內的猶太人，在二次大戰期間遭到大屠殺的電影。透過主角鋼琴師幾度瀕臨死亡邊緣的逃難過程的藝術再現，而勇奪兩座小金人。

奧斯卡頒給類似以猶太人苦難爲主題的電影，還有早些年史提芬・史匹柏的《辛德勒名單》，後來史提芬・史匹柏再拍《搶救雷恩大兵》時，各界一致看好片中男主角湯姆・漢克會再奪影帝大獎。結果仍意外敗北，也是敗在《美麗人生》這部以一個猶太家庭慘遭屠殺經過的電影。

由奧斯卡近年來這樣的給獎紀錄，可以看出一個很明顯的趨勢。即電影作爲現代藝術最大眾化、最流行的一支，也開始與文學、藝術同步，把關心的焦點集中在人類所曾經發生過的苦難。而猶太人在二次大戰期間所遭受的苦難與浩劫，無疑是人類有史以來最爲嚴重的一次。這次的浩劫甚至使西方文明的起源——《聖經》以及上帝，遭到了最爲嚴厲的一次質疑。這個質疑很簡單，如果上帝確實存在，將何以面對猶太人——將近六百萬猶太人無故遭到的大屠殺？

用這樣的觀點來檢視《英雄》的主題，很簡單就可以知道《英雄》敗北所顯示的，是東西文化價值中最顯著的一個差異，即對生命價值的認知差異。

秦始皇統一六國期間的屠殺與暴政，在張藝謀的美化之下，成爲仁民愛物的慈悲手段，而其出發點爲「統一有理」，而由「統一有理」再演繹出「殺人有理」的邏輯，這當然要在奧斯卡落敗。除了價値觀的落差，張藝謀在片中的藝術表現也是問題百出，連國內最著名的統派媒體《聯合報》的副刊都有專論提出一連串的質疑。

張藝謀早年以《活著》一片，在國際影壇聲名大噪。《活著》是一部具有史詩價值的鉅片，對中國文化的惡質面，由清末、民國、共產，直到文化大革命，作了一次最徹底的總批判，再加上男主角葛優天才式的多面相演出，終於成爲國際影壇經典性的名作。

身爲中國周邊的一個弱小鄰國，看到張藝謀從《活著》到《英雄》的轉變之間所蘊含的政治意義，其實是頗令人憂心的。

英雄見白髮

張藝謀數度稱霸國際影壇，如今功力卻大不如前，智慧未隨年齡增加，新片《英雄》只比以前多賣弄花俏，也許市場上叫座，但藝術價值成就上，就很難令人叫好。

張藝謀的電影《英雄》，主角是一名刺客。當刺客無名坐下來與被刺客秦王進行了一段冗長而又奇幻無比的對話以後，電影也到了尾聲，而留下了一個問題——究竟二者之中誰是英雄？好像二人都以天下蒼生爲念，因而惺惺相惜又相見恨晚，因此電影裡的英雄不是一般定義的了不起又偉大的英雄，而是英雄識英雄這種定義下的英雄。

這實在是一種夾纏又麻煩的表現方式，難怪有人批評說，看來像《羅生門》。可是《羅生門》是懸疑，《英雄》則是反常——張藝謀則稱之爲顚覆——令觀眾墮入五里霧中，顚覆應當使觀眾獲得一種新觀點，而不是令他滿頭霧水。

另一種批評則針對刺客而來。例如《中國時報》的社論，認爲刺客存在的正當性會使九一一的恐怖主義合理化，因此美國不會接受這種電影。這種道理聽來言之成理，可是電影裡的刺客最後並沒有下手刺殺，不但對秦王沒下手，幾名刺客在行刺過程中，斬殺的對象一律是甲兵、而無一名平民百姓，這與九一一的情況正好相反。顯然寫這篇社論的人沒把電影看仔細，要不就是分析能力不足。

也有大學教授爲《英雄》講話，認爲張藝謀推銷的是中國統派思想，跟美國的《搶救雷恩大兵》推銷的是美國帝國主義一樣。這是一種比擬失當，也是對歷史的認知不足。雷恩大兵從膠捲的第一分鐘開始，到最後一分鐘爲止，反映的都是戰爭的痛苦。一個跪在墳前痛哭流涕的老人，如果他的戰爭是帝國主義的偉大戰爭，他何必哭呢？電影中下令搶救雷恩大兵的馬歇爾將軍，是世界上第一個獲得諾貝爾和平獎的軍人，他在片中引述了林肯慰問南北戰爭中同時喪失五名兒子的母親的函件中的用詞，流露出來的是源自《聖經》的人道主義精神，根本與帝國主義扯不上關係。

至於電影裡的統派思想，是中國自黃帝時代就開始的民族共同基因問題，既不能怪罪秦始皇帝，更不能怪罪張藝謀，如果張藝謀的秦始皇不是統派，那才是顛覆而又荒謬。

其實有些以電影比電影的批評是說對了，片中殺來殺去的手法很像《臥虎藏龍》，但沒有後者細緻。至於斬殺三千甲兵則是荒唐到了極點。也有人批評是向好萊塢的電影學樣，但也只學了一些皮毛。如秦趙之戰只是一味射箭，好像秦國就是靠射箭統一六國。拿來比《神鬼戰士》，一開始就是射大球，射點了火的弓箭，隨即在山林開展開凌厲的騎兵攻勢，過程驚心動魄而又有震撼力。別說比《神鬼戰士》，黑澤明十二年前拍的《亂》，火燒天守閣，在原野上展開的大殺陣，其氣魄都遠非《英雄》可比。

張藝謀才華橫溢，也拍過很多好電影，但《英雄》確實拍壞了。幾度稱霸國際影壇，如今卻已功力大不如前，英雄難免見白髮，但身爲電影的編劇之一，張藝謀的智慧並未見隨年齡增加，只比以前多出一些賣弄與花稍，也許在市場上會叫座，但在藝術價值成就上，就很難令人叫好。

張藝謀與他的謊言

在可預見的將來，張藝謀也許可以在市場上滿足他的成就感，但在電影藝術上，《英雄》與他的政協身分，勢將成為他難以挽回的致命傷。

中共全國政協會議大戲登場。最受矚目的媒體焦點，除了江澤民與曾慶紅以外，應當就是國際知名的大導演張藝謀，也在會中以政協委員的身分出席了此一政治大會。

江澤民是中國最具實力的第一號政治領導人，曾慶紅則是政協大會主席，他們受到媒體矚目是理所當然。張藝謀會成爲焦點，除了具有國際知名度以外，與他最近所拍的《英雄》在電影市場上造成轟動，甚至因內容將秦始皇塑造成一位偉大而又仁慈的統一中國的英雄，而引發極大的爭議有關。

秦始皇在統一中國以後，其焚書坑儒的暴行，乃至修築萬里長城，造成民間經濟資源過度耗損，導致民不聊生，歷史學家早已將之定位爲暴君。張藝謀卻將之刻意美化，當然會引來非議。尤其在台灣，這部電影所引起的反彈更大，指責張藝謀已淪爲政治統戰工具的評論不絕如縷。張藝謀再三爲自己辯護，解釋他完全沒有政治統戰的目的，他只是爲了在電影藝術的表現上有所顚覆與創新，才讓秦始皇以全新的英雄形象出現在片中。

張藝謀這番說詞，聽來好像不無道理，可是當他以政協委員的身分出席了政協會議，卻使他的說詞成爲一種謊言。因爲，政協開會第一天，主席曾慶紅在大會工作報告中就是提出政協要大力宣傳「和平統一」、「一國兩制」的方針，並且要堅決反對台灣分裂勢力，爲實現統一做出新貢獻。

而張藝謀的電影《英雄》的情節，與曾慶紅的這份工作報告正好聲息相應、若合符節。除非張藝謀學反對在長江三峽興建水壩而辭人大常委的黃順興一樣，也辭去政協委員的身分，否則他實在非常難以抹去以電影作爲統戰工具的惡名。

而當藝術淪爲替政治服務的工具以後，其藝術的價値很自然就會自動褪去。在可預見的將來，張藝謀也許可以在市場上滿足他的成就感，但在電影藝術上，《英雄》與他的政協身分，勢將成爲他難以挽回的致命傷。他的身分就是他的謊言。

美國著名的大導演史提芬．史匹柏在拍出《辛德勒的名單》囊括了多項奧斯卡大獎以後，面對了猶太人社會一項相當強烈的質疑：猶太人慘遭數百萬人的大屠殺，何以史匹柏竟以一名拯救猶太人的德國人故事爲電影的主題？身爲一名猶太人，史匹柏透過《辛德勒的名單》所傳達出來的訊息，即是愛與包容。後來在他的《勇者無懼》、《搶救雷恩大兵》兩部片中，史匹柏所敘說的，仍是他對人權與生命的關懷與熱愛。

史匹柏印證了「有什麼樣的人民，就有什麼樣的政府」這句話；對於張藝謀，或許可以說「有什麼樣的政府，就有什麼樣的導演」，這似乎也是他之所以面對媒體就左閃右躲的原因。畢竟，張藝謀還是一個曾經拍過像《活著》這樣一部對中共專制政權具有批判性好電影的大導演。

秦始皇統一六國

台灣已舉行過兩次總統大選，而政黨輪替也已完成，民主化已達相當成熟的程度，要被張藝謀統戰，可能性很低。

早在二十多年前柏楊自國民黨的黑牢裡被釋後，就出版了他在獄中所作的《中國人史綱》。柏楊在這部歷史著作裡，重新以獨特的觀點來詮釋中國歷史史實。其中最令人印象深刻的，應當是他對秦始皇嬴政的評價。在這本令人耳目一新的大作裡，柏楊將秦始皇、唐太宗和清朝的康熙皇帝，並列爲中國歷史上貢獻最大的三大君王。

也因爲這樣的觀點，柏楊在書中一律在這三個人的名字下，貫上「大帝」的尊稱。而在一般人觀點中最被稱頌的所謂堯舜禹的禪讓政治，柏楊則認爲其中疑雲重重，根本就是儒家編出來美化政治鬥爭本質的虛構故事，而予以否定。

這樣的觀點極具顛覆性。因爲在一般人的歷史觀點裡，李世民的貞觀之治寫下了中國最光輝璀璨的一頁，將之定位爲一代英明聖主，並無太大爭議。至於康熙皇帝，雖以漢人的立場而言有非我族類的不認同感，但清朝在康熙主政時，政治效率與清廉度乃至文治武功也有相當高的成就，爭議也不大。最引起爭議的，應當是秦始皇的歷史定位。

秦始皇最大的爭議，應當是他的焚書坑儒，與修建萬里長城這兩項惡政。但柏楊對萬里長城的修築則予以正面的評價，認爲這是那個年代的秦帝國政府在國防上所必須的，而事實上萬里長城也擋住了當時中國來自北方的武力威脅。至於焚書坑儒這種惡行，則被認定爲暴政，與現代共產中國毛澤東所謂「矯枉必須過正」都有同樣的政治錯誤。至於中國在秦朝統一以後，書同文、車同軌，以及貨幣的統一，都是秦始皇的帝國爲中國所帶來的貢獻。

這次張藝謀的電影《英雄》上演以來，最大的爭議也是秦始皇的定位。電影中的秦始皇被定位爲一代英主，而與刺客心犀相通，同以天下爲己任。這在中國的社會反應如何較難判斷，但在台灣則引起很大的反彈，因爲秦始皇統一六國，當然是大統派，而統派在自由民主的台灣，是會引起反感的，於是台灣各界以張藝謀爲靶，無情加以攻擊，指他有政治目的，意欲統戰台灣。

但就事實而言，台灣已舉行過兩次總統大選，而政黨輪替也已完成，民主化已達相當成熟的程度，要被張藝謀統戰，可能性很低。就歷史來說，秦始皇統一的是六國，六國當然是很多國，但是絕對不包括台灣國，因爲當時並無台灣國。所以，看電影就好好放鬆心情看電影，想太多實在沒有用。

如果以輕鬆的心情來玩一個邏輯遊戲，則秦始皇統一六國此一議題，其前提是要先承認有六個國家。現在中國如果眞是要仿秦例統一台灣，那首先要承認台灣是一個國——台灣國。這不又回到李登輝前總統的兩國論或陳水扁的一邊一國論嗎？接下來，更簡單的後續問題是，中華人民共和國能等同秦國用武力統一台灣嗎？目前的國際社會能夠容許嗎？這答案就更清楚了，當然是不能！

尤其，毛澤東以降的共產黨人，最喜歡說的一句話是，歷史是不隨人主觀的意志爲移轉的。照這個理論，縱是秦王再世，也未必能統這統那了。要能，台灣早被統掉了。

所以，別高估了張藝謀，也別低估了自己。

惡靈與救贖

華航基本上就是中國惡質官場文化的結晶體，這種政治文化上的惡靈，基本上是無以救贖的，只能予以消除。或者，說得更坦率一點，只能予以消滅。

以《證人》（哈里遜福特主演）一片走紅好萊塢的Peter Weir在一九九三年拍了一部叫做《Fearless》的電影。這是一部並不很叫座但卻非常叫好的電影，這部電影以空難爲主題，描寫了劫後餘生者的恐怖及驚懼。

這部片子裡，男主角傑夫・布里吉（Jeff Bridges）飾演搭乘噴射客機自高空摔落幸而不死的一名建築師，他雖幸而未死，但自高空摔落的顫懼使他瀕於精神分裂，生活陷於狂亂的邊緣，連恩愛夫妻都漸成陌路。

這部片子之所以獲得很高的評價，是因爲這部片子對於墜機劫後餘生的倖存者有很深刻而成功的描寫，而且也擺脫了好萊塢歷來空難英雄爲主體的窠臼，電影中不是勇不可擋的英雄，而是焦慮驚恐的血肉之軀，在關懷與專業心理醫療中逐漸康復。

生還者猶需一段不算短的期間來調整空難驚怖的精神狀況。對於空難的死者來說，如果醫學上人死後在一定時間內仍處於有意識的狀態是正確的話，則空難死者在死後的一定時間內，其所處的驚怖程度，是數倍於生還者的。

死亡一直是人類最大的夢魘，因爲人不知死後何往，所以才產生了宗教世界乃至於文學的世界。從幾萬英呎高的高空摔出機外，當時如果清楚地意識到此一情況時，死亡也非夢魘可以形容，死難者面對的是恐怖的惡靈。爲死難者招魂、念經，基本都是宗教的救贖、祈望死者藉著神的力量自惡靈中解脫，不致成爲孤魂野鬼，不致成爲漂流海上的冤魂。

日本瀨戶內海海域，一一八五年的源氏、平氏大海戰，平氏一族被滅於海域，至今仍有人夜裡在海上看到燐燐鬼火，可見冤魂之說，並非全屬虛妄。

彼得．威爾這部《Fearless》最後是以主角在歷經一連串的折磨與心路歷程以後，終於站在二十層高樓上最危險的圍牆角上對天大聲呼喊而去除了墜機的夢魘。這種結局是文學家與電影導演對人生的安排詮釋。是宗教以外的屬於文學的救贖。

如果我們把焦點回到這次華航的澎湖外海的空難事件，再回想四年前悲慘無比的大園空難事件，如果我們還有一點血性和理性的話，我們會覺得，不管是宗教的或是文學的救贖，對於搭乘華航的當事人及家屬而言，都是一則很殘酷的笑話。

從組成的歷史過程來看，華航基本上就是中國惡質官場文化的結晶體，這種政治文化上的惡靈，基本上是無以救贖的，只能予以消除。或者，說得更坦率一點，只能予以消滅。

因此，台聯主張要解散華航，基本上方向是正確的。

冤孽之地

白先勇引述自劉禹錫思舊賦的文句「舊時王謝堂前燕，飛入尋百姓家」，這道盡了國民黨自中國潰亡來台後的冤孽之情。

每次看到台北政壇的亂象，都會想起白先勇的小說《台北人》。這次看到鄭可榮的性騷擾案，尤其是看到屠豪麟的嘴臉時，想到的還是白先勇的小說《孽子》。

《孽子》是白先勇唯一的長篇小說，也是他的最後一本小說。因爲他大概是把外省中國人被逐出中國大陸到台灣來以後所有的冤孽之氣都訴說完畢了。在《孽子》裡，白先勇所刻畫出來的冤孽是極其可怕的。這部小說一開始就是一個幹過團長的父親拿著手槍把兒子追逐出家門，還邊叫喊著畜生！畜生！在小說的章頁裡，畜生這兩個字還特別以粗大的黑體字印出來，很是令人心驚。爲什麼父親要把兒子趕出家門還罵他是畜生呢？第二頁的學校公告說明了一切，還是高中生的兒子與學校的男性管理員發生猥褻行爲而被開除。

白先勇的台北人系列小說描寫的是第一代來台灣的外省中國人，孽子則是第二代。正如文學評論家夏志清教授所說的，《台北人》這本小說正好是一本中華民國史。夏志清發表這個觀點時，是蔣中正的時代，否則更正確的說法應當是中華民國淪亡史才對。因爲中國人喜歡把政權更替以後的前朝遺民稱爲孤臣孽子，而這也符合歐陽子在《台北人》這本小說評論性的序文中，一再強調的小說人物的「冤孽之情」。

白先勇寫此一系列小說時，蔣家還在執政，小說中卻早已呈現出一股沒落與衰敗的氣氛。這當然與白先勇的父親白崇禧很早就失勢有關。而白崇禧會失勢，原因之一就是他到台灣以後沒有像彭孟緝那樣心狠手辣地大肆濫殺無辜，甚至還抑制了殺戮。所以在感情上，台灣人並不排斥白崇禧，當然會喜歡上白先勇這樣的小說家，尤其他的小說又眞正是寫得那麼好。

在《台北人》之前，白先勇的小說集都有很詩意的名字，《謫仙記》、《游園驚夢》都是。會改爲《台北人》，應該是受到英國的詹姆斯·喬哀思的影響。喬哀思早期有一本《都柏林人》（一九一九年），寫的是在愛爾蘭首都都柏林的英國人。這跟白先勇寫的是在台灣首都台北的中國外省人是一樣的。二者最大的區別呈現在《台北人》這本集子的扉頁上，白先勇引述自劉禹錫思舊賦的文句「舊時王謝堂前燕，飛入尋百姓家」，這道盡了國民黨自中國潰亡來台後的冤孽之情。

在典型的外省統派中國人的感覺裡，蔣後的李登輝時代，是另一次敗亡。至於本土的民進黨上台執政，更是一次徹底的大潰敗。王作榮不就說中華民國已經亡國了？所以白先勇小說裡的冤孽之氣又更爲擴大到本省籍的統派中國人身上，因爲國民黨畢竟叫作中國國民黨。

所以，目前台北的冤孽之氣爲史上之最，而說台北是台灣的冤孽之地，似也並不爲過。

思舊賦

章孝嚴大張旗鼓以認祖歸宗來盡孝，但對他那苦命的生身母親章亞若呢？他敢為她的死向蔣家的任何一個人討個公道，還歷史一個真相嗎？他敢盡這種孝嗎？

台灣最近吹起一陣懷舊風，好像使大家在一時之間也都興起了一股思古之幽情。

一九六〇年代初，小說家白先勇寫了一系列的懷舊小說《台北人》，小說中的人物雖然生活在台北，但記憶與經驗都是中國的，小說讀來因此就有幾分淒涼。

《台北人》這本小說的扉頁裡，還印上了劉禹錫的〈烏衣巷〉：朱雀橋邊野草花／烏衣巷口夕陽斜／舊時王謝堂前燕／飛入尋常百姓家。最後這兩句，點出了懷舊的本質。

其實要給這本小說集正名，最好的名稱應當是《思舊賦》——這也是其中一篇小說的題目。

白先勇的懷舊，是文學的懷舊。而最近由章孝嚴吹起的懷舊風，則又是另一種懷舊。是哪一種懷舊？應當是政治的懷舊吧？更有人說這是有政治目的與企圖的懷舊。章孝嚴因此忙著撇清。但章孝嚴再怎麼撇清，也無法否認前年的立委選戰中，「經國先生」和「蔣公」都被他抬出來助選這個事實。「一張票　三世情」的大幅看板，掛得台北市到處都是，怎麼撇清呢？

也許這就是政治的本質，也是政治與文學不同的地方。同樣是紀念上一代，人人都尊白先勇爲一代小說名家。但如何定位章孝嚴？這個問題一時之間恐怕很難回答。

政治本就污濁，就蔣章父子關係來說，其中還牽扯到一段血腥的宮廷暗殺陰謀。章孝嚴大張旗鼓以認祖歸宗來盡孝，但對他那苦命的生身母親章亞若呢？他敢爲她的死向蔣家的任何一個人討個公道，還歷史一個眞相嗎？他敢盡這種孝嗎？有人說搞政治的人會下地獄，雖然聽來可怕，但連母親的死都不敢弄清楚，你想他不下地獄，難道要叫他上天堂嗎？

中國的宮廷政治，一向就很齷齪的。文學家美化過的楊貴妃與唐明皇，表面上看來就像西方的溫莎公爵浪漫情史一樣美，但眞相如何呢？楊貴妃其實本來是唐明皇的兒媳婦。這種扒灰通姦事，要發生在現代，恐怕連一代色棍柯林頓也要罩不住下台一鞠躬，以身敗名裂收場吧？

不只蔣章父子關係奇特，蔣經國當年年輕留學蘇聯時，也寫了一封公開信痛批其父蔣介石之惡行。回到中國以後，自專員幹起，到位登九五，還爲其父蓋了一個全世界最壯觀的紀念堂以盡孝。那當初爲其母毛夫人出氣伸冤寫的那封公開信，又是怎麼一回事呢？

人有思苦憶甘的本能，回想過去的苦日子，卻反而會有溫馨的幸福感。可是，蔣家治下的台灣，果眞比現在好？

「在不民主的社會，再大的不平等都會被容忍；在民主的社會，再細微的不平等都不會被容忍。」這不只是托克維爾的理論，也是台灣在白色恐怖與政黨輪替後兩個時期社會之最佳寫照。兒子被槍斃了，母親只能躲在屋子裡哭，要忍啊，不忍，向誰去伸冤呢？大哥大的電話費，怎麼一分鐘要貴出好幾毛錢，他媽的，這不公平，抗議啊！叫部長下台呀！這兩種社會，眞的是舊的比新的好？

年終歲末了，還是聽聽張清芳的老歌以思舊吧。歌不也就是賦嗎？興致來了，就跟著哼兩聲，管他誰是誰的兒子，誰又怎麼毒殺了誰的母親呢？

畢竟，新年就要來了，再怎麼懷舊，該來的總是要來，新與舊，舊與新，人生不就是這樣走過來的嗎？

有自由的地方

有人問柏楊在中國大陸與台灣之間的國家認同問題。柏楊的回答是，大陸可戀，台灣可愛，有自由的地方，就是家園。不管從文學、史學、哲學或邏輯的角度來分析，這都是一句無懈可擊的至理名言。

二〇〇二年的行政院文化獎頒給重量級的大作家柏楊，頒獎的地方也很別緻，選在西門町老市區頗有老舊古風的紅樓劇場。會場內外也都因此洋溢著一股帶有台灣風情的喜氣。

有人喜歡把柏楊稱爲人權作家，跟柏楊坐了國民黨九年多的黑牢有關，而柏楊出獄重見天日以後，爲人權振筆疾呼也更凸顯了他的這種特質。可是，柏楊早在入獄以前就是作家，暢銷風行的長短篇小說不說，讀來五味雜陳的雜文，更是膾炙人口，風靡了五十年代年輕一代的讀者。在僵硬而教條的戒嚴社會裡，注入了一股新鮮的活力與生命力，形塑了新一代台灣人的心靈。

也許《紐約時報》給他的評價比較客觀，稱他是中國的伏爾泰。伏爾泰在歐洲的西方文明裡是一顆閃亮的巨星。他不但攻擊西方當時專制封建的統治階級不遺餘力，爲建構西方民主社會揭開了以思想爲前導的史頁，而且創作等身、才華橫溢。更奇特的是，他的投資理財工夫並不亞於二十世紀的索羅斯。有人問他爲何不專心好好寫東西而去投機炒作發財時，他的理由竟是要改變世人對作家一窮二白的既定印象。

在現代中國，攻擊舊封建專制舊社會的作家中，比較著名的還有魯迅和李敖。可惜前者英年早逝，而李敖給早期忠實讀者的感覺則是「故人日遠」。魯迅如果不死，依毛澤東在中共建政以後的說法是「要嘛他就蹲在牢裡繼續寫，要不嘛他就識大體不寫了。」這眞是典型毛澤東式的一針見血之見。這句話也令人覺得，長壽對一個人來說，有時也是很珍貴的，如果魯迅活得比毛澤東久，他的歷史地位可能又不同了。

前些年，有人問柏楊在中國大陸與台灣之間的國家認同問題。柏楊的回答是，大陸可戀，台灣可愛，有自由的地方，就是家園。不管從文學、史學、哲學或邏輯的角度來分析，這都是一句無懈可擊的至理名言。

在出獄以後所出版的《中國人史綱》與《白話資治通鑑》裡，柏楊也不斷重複這樣的主題：自由與人權。在他智慧與靈性滿溢的人生裡，最眞摯的夢想應當是，不管在台灣或中國大陸，都能眞正成爲一個有自由有人權的地方。

還霧峰一座歷史圖像——林獻堂

林獻堂除以文化協會在全島各地鼓吹民族意識外，並發起「台灣議會設置請願運動」，因其符合民主政治的最基本之原理，也曾獲得不少日本政壇人士的贊同。

已經走入歷史的台灣省議會，二〇〇二年由台灣諮議會舉辦的一場口述歷史著作發表會中，由歷史走入現實，也讓現場充滿了歷史感。

就台灣民主政治的發展來說，省議會有其不可磨滅的貢獻，從早期的黨外五虎將到後來的美麗島時期，省議會是國民黨以萬年國會統治台灣期間，唯一將人民的聲音帶進民主殿堂的場域。在美麗島大逮捕之前，張俊宏與林義雄在省議會對國政所提的嚴厲批判，更是台灣人爭民主奮鬥史上最光輝耀眼的一張新頁。

如果要更進一步追溯台灣人的民族運動史，位在霧峰的省議會就更具有其歷史上的深層意義，因爲台灣人在日本殖民統治期間，在武裝的抗爭屢遭慘敗的下場以後，非武力的民族抗爭就是以古稱阿罩霧的霧峰林獻堂氏爲啓蒙時代最主要的推手。

林獻堂除以文化協會在全島各地鼓吹民族意識外，還不斷向日本統治當局要求在台灣地區設置議會，此一「台灣議會設置請願運動」，因符合民主政治的最基本之原理，也曾獲得不少日本政壇人士的贊同，板垣退助即爲其中之一。

如果將日據時期的民族運動與戰後的民主運動，放在同一歷史傳承的縱線上來思考，已經走入歷史的台灣省議會，也就是現今的台灣省諮議會，最需要的一座歷史圖像，應當就是戰後滯日不歸的林獻堂，這也是現在已正式改名的「台灣省議會紀念園區」，就其紀念的歷史價值中最具本土思考的一個圖像表徵。

林獻堂滯日不歸最主要的原因當然是對來台「劫收」的蔣家軍事政權的畏怖與恐懼。這絕非過甚之辭。葉榮鐘（《台灣民族運動史》作者）在其所著的《小屋大車集》就曾有過這樣的描述，指林獻堂當時被召往位在台中市雙十路現市長公館的軍事司令部，曾提出征用民糧要予適當金錢補償的主張，即曾遭斥且以槍管威脅生命而驚怖萬分。印證後來林氏在日本以詩作〈遍地豺狼〉來回絕好友的返台勸說，即可了解林氏的心境。

在日本殖民統治時代從事人權抗爭的林獻堂，卻選擇了留日不歸，這也許就是李登輝所說的「台灣人的悲哀」。

所以，在台灣省議會紀念園區的中心點上，也就是省諮議會的大門口正對面，仍存在著一座看來衰敗不堪的「蔣公銅像」，是對歷史的嘲諷，要還歷史的本然，應當是代之以一座林獻堂的銅像。這也是屬於台灣霧峰的歷史圖像。

楊逵雜憶

楊逵返台後即投入抗日運動，因此數度遭監禁。一生波瀾壯闊，台南縣府及台中市皆有意建紀念館展示他的藝文資料，裨益各界了解這位作家前輩。

第一次看到楊逵，是將近三十年前，在台中市平等街靠近台中公園的一家川菜館裡面。當天在場的，還有吳濁流、鍾肇政等文壇耆老。

吳濁流豪邁而粗獷，嘴上老是掛著「拍馬屁的不是文學」這句話。楊逵則給人另外一種不同的印象，他衣著陳舊簡樸，木訥少言，臉上老是帶著若有所思的神情。

一九四七年二二八事件爆發時，曾任職新聞工作的吳濁流客觀而翔實地記下當時的一些重要經過，並密存囑咐家人等其身故十年後才發表。後來這本名爲《台灣連翹》的作品，果眞如其所囑在身後十年出版，但仍遭國民黨查禁。在其所揭發的國民黨人之惡行，與今日政壇人物有關的，應當就是國民黨主席連戰之父連震東在當時所扮演的線民角色。

至於楊逵，則與文化界人士共同發表了「和平宣言」，並因此而坐了國民黨十二年的黑牢。根據楊逵生前的回憶，他在偵訊過程中爲自己所作的辯駁，情治單位一概不予採信。理由很好笑，是楊逵在日據時代即是抗日分子，作亂成性，當然心態也是反國民政府的。

楊逵遭國民黨所忌，還有另一個原因，就是他以留日經驗所作的著名小說《送報伕》不但轟動日台兩地，還入選中國左翼作家胡風所編的《世界弱小民族小說選》，作品中所顯示出來的社會主義傾向，極其清楚。

楊逵人格特質是言行一致。他的社會主義思想，在返回台灣後即付諸行動，投入了農民組合的抗日社會運動中，並因此數度被捕，遭到監禁。在他日常的生活裡，過的是粗衣糲食，衣食簡陋的半窮困日子。社會主義成了他的生活方式。

二〇〇〇年，台中市寶覺寺，舉行了一場罕有的日人來台奉迎先人骨灰回日的儀式。骨灰是日據時代擔任警察的入田春彥氏遺體所化。入田氏當時在台灣因酷愛文學而欽仰楊逵的文學與人格，並因而遭日本當局調回內地日本。拒絕內調的入田，因而服毒自殺。此一悲劇印證了文學與思想的認同，跨越了民族與國家的藩籬，昇華爲人類共同的良心經驗。

出生在台南新化的楊逵，童年即受到西來庵余清芳抗日事件的影響，即使後來留學日本，仍無法改變其與生俱來的抗日性格，而成爲非常活躍的左翼抗日作家。

二〇〇三年三月十二日，是楊逵逝世十八周年的紀念日。不但台南縣府有意在他的出生地新化興建紀念館，他由日返台後活動與居住的主要所在地台中市，也準備在雙十路市長官邸的藝文空間裡陳列展示他的藝文資料。

這樣的決定，當然有助於社會各界對於這位前輩作家的了解。但以楊逵一生波瀾壯闊而多采多姿的人生經驗，以電影來作爲紀念的方式，可能更爲生動而具有重塑民族自我圖像的深層意義。

在奈波爾的國度

在《幽黯國度》這本書裡，奈波爾無情地批判他的祖國，用字遣詞的尖酸刻薄，並不亞於三〇年代的中國作家魯迅。跟魯迅不同的是，魯迅始終是個中國人，而奈波爾批判他的祖國印度時，他的立場是西方的。

美國紐約市九一一恐怖攻擊事件發生後不久，瑞典皇家學院宣布將當年的諾貝爾文學獎頒發給印度裔的英國作家奈波爾。由於奈波爾的文風特立獨行，經常予第三世界，尤其是回教世界無情的揭發與批判，他的得獎不但令世界文壇爲之側目，並預示了東西方文明包括宗教在內的衝突，不但難以轉圜，而且也勢將激化。美英大軍攻打伊拉克，正是此一文化衝突激化的明證。

從美伊第一次波灣戰爭在一九九一年爆發以來，歐美學界及文化界關於東西文化衝突的論戰即烽煙四起。九一一恐怖攻擊事件後，美國政府攻打阿富汗乃至進軍伊拉克以來，文化界的論戰更爲情緒化。以愛德華．薩伊德爲例，這位以伊斯蘭世界的守護神自居的哈佛學者，在提到九一一勇於任事、長於善後救援的紐約市長朱利安尼時，居然以乖戾、狡猾等諸多人身攻擊的字眼，加於這位美國的九一一英雄人物身上，可看出文化戰場上廝殺之慘烈，其實並不亞於眞正的恐怖攻擊行動。

薩伊德除了在文字上對朱利安尼施以人身攻擊以外，對另一著名學者杭亭頓的世界三教衝突論也大加撻伐。杭亭頓以文明的衝突來解釋目前世局緊張的起源，認爲目前是基督教、儒教、回教三教的文明衝突所形成。這在理論上並沒有太大的偏差，但薩伊德極力加以攻擊。薩伊德的觀點，是不能把代表三教的美國、中國、伊拉克放於同樣的平等點上來看待，薩伊德認爲美國仍是典型不折不扣的軍事帝國主義者。

由於這樣的認知，對於在旅遊文學作品中對回教世界予以無情揭露與批判的奈波爾，當然更會被以薩伊德爲首的回教世界的支持者視爲眼中釘。

奈波爾是出生於英屬千里達、後在英國牛津接受大學教育的一位印度裔英國作家。他的創作生涯起於一九五〇年代，小說作品才華橫溢，屢獲各項國際文學大獎。但自一九八〇年以後，他開始寫作系列旅遊文學，而爭議也由此引發。在《幽黯國度》這本書裡，奈波爾無情地批判他的祖國，用字遣詞的尖酸刻薄，並不亞於三〇年代的中國作家魯迅。跟魯迅不同的是，魯迅始終是個中國人，而奈波爾批判他的祖國印度時，他的立場是西方的，這也就是說，奈波爾已不是印度人，而是英國人。

在一九八一年出版的《在信徒的國度》裡，奈波爾更犀利地指出伊朗推翻巴勒維王朝的民主革命亦變質爲宗教革命。不但開始反動地鎮壓民主示威活動，更已殘忍地持續進行了一連串長達七個月的反革命處決，連妓女和妓院經理都悲慘地淪爲處決的對象。另一本《在自由的國度》的小說中，描述了殖民者退出後的非洲，正走進了一個動盪不安的世界中。

簡言之，在奈波爾的文字世界裡，西方文明退出的中亞及非洲大陸前途灰黯而充滿絕望。連獲兩次英國布克文學獎並得到二〇〇三年諾貝爾文學獎的南非作家柯慈，在其文學作品中所描繪的世界，也更印證了奈波爾所描繪的國度中此一特質的眞實性。諾貝爾文學獎頒給奈波爾，尤其是在九一一攻擊事件之後，就文化衝突的角度來觀察，顯然已預示了美國攻打伊拉克的必然性。

西鄉隆盛之死

台灣目前在各方面所面臨的內部矛盾與衝突，與明治時代更為廣泛而複雜。明治時代的紛亂以西鄉隆盛之死畫下句點，台灣歷史的瓶頸能否穿越，則有待人民的抉擇。

去過日本東京上野公園的人，如果由驛站方向入口拾級而上，就會看到一座相當顯眼的紀念銅像。這座銅像造型相當特殊，銅像人物體型壯碩，而且露出一股軒昂之氣，手中還牽著一條狗。威儀之中又帶有幾分閒逸之趣，令人留下深刻的印象。

這座銅像所紀念的，是日本明治維新時期最具悲劇性格的風雲人物西鄉隆盛。西鄉隆盛在日本十九世紀中期勤王倒藩的歷史過程中，是史稱「維新三傑」之第一傑，其對明治政府建立的貢獻與重要性，無人堪與倫比。可是在明治政府建立之後，由於治國理念的歧異，及被捲入「征韓論」所引發的權力鬥爭，西鄉先是忿然退出明治政府，後又在舊士族與新政府的軍事衝突中，出任叛軍首領而與明治政府爲敵，最後終於在政府軍的剿滅行動中喪生。

西鄉之死標誌著明治維新最重要的一項革新措施——廢藩置縣——所遭遇到的強烈反抗。但在這場名爲「西南戰爭」的內部武力衝突結束以後，明治維新穿過了歷史的瓶頸，開始走向現代化，終於成爲亞洲第一現代強國。

西鄉隆盛雖爲「維新三傑」之第一，但他選擇了與明治爲敵的悲劇性道路，在死後被定爲匪首。在西鄉死後的第二年，他在明治政府裡的死敵，同是「維新三傑」之一、且最強烈反對「征韓論」的大久保利通，則遭數名刺客圍殺於江戶街道旁。臨死之際，大久保喃喃的喚聲是：「西鄉、西鄉，時代的巨輪，是先從你，然後從我的身上向前輾轉過去了。」

西鄉與大久保都是鹿兒島的薩摩藩士，自幼即爲好友。在推翻幕府統治的武力革命過程中，是生死患難與共的同志，但因性格理念互異，終至反目成仇。西鄉在鹿兒島領叛軍起兵時，指明是要「清君側」，矛頭所對準的，即是大久保利通。

西鄉與大久保同列「維新三傑」，但史家對二人的定位各有不同。西鄉隆盛被定位爲「最具感性的人格者」，而大久保利通則是「最爲理性之務實主義者」。以「征韓論」

的爭議爲例，西鄉主張自行前往韓國勸諭，即使以身相殉也在所不惜。而大久保利通則理性地指出，此舉必然導致兩國交兵，對明治政府困厄的財政必造成難以負荷的沉重負擔，二人因此衝突、終至演成悲劇。

但曾任陸軍大元帥的西鄉自薩摩領叛軍起兵，並未自鹿兒島走海路直擊江戶城以求致勝，反而是自殺式地走陸路以攻擊要塞城堡自削戰力，更爲史家留下難解的歷史謎霧，認爲一向善戰的西鄉有如引火自焚的鳳凰，欲以一己與由舊士族組成的叛軍之集體滅亡，來成就明治政府之浴火再生。

基於撫平社會內部衝突和對「征韓論」的重新檢討，明治天皇後來爲西鄉及在「西南戰役」中死亡的叛軍將校平反，追贈勳位，並且在東京上野公園建立西鄉隆盛的銅像作爲紀念。

台灣目前在各方面所面臨的內部矛盾與衝突，比明治時代更爲廣泛而複雜。明治時代的紛亂以西鄉之死畫下句點，台灣歷史的瓶頸能否穿越，則有待人民的抉擇。民主帶來了自由，也帶來了困境，最終仍將由民主來解決。這是新的時代之輪，在顛簸中蘊有循序向前的想望。

石原慎太郎傳奇

《太陽的季節》描寫奔放而熱情人生，是自由的世界所獨有的，與死氣沉沉的共產專制政權是格格不入的。石原的傳奇，也是日本引進民主政治下所孕育出來的時代故事。

二〇〇二年七月初，日本東芝電視台，挑在日中關係最爲敏感的七月七日推出由石原慎太郎所著小說《太陽的季節》改編的大卡司周日晚間九點檔的連續劇，又引發了政壇與媒體界的一陣議論。

七月七日是第二次日中戰爭爆發紀念日，不但在中國，連在台灣的統派團派，每年都會循例紀念並大肆撻伐日本的軍國主義。而石原慎太郎自一九九九年當選東京都知事以後，對中國共產政權的抨擊可謂砲火猛烈，二〇〇一年更在瑞士公開點名江澤民對西藏與台灣的處理態度，就與當年的希特勒無異。

有些日本的評論家認爲東芝在這個節骨眼上重新開拍現代版的《太陽的季節》是爲二〇〇三年春東京都知事改選先爲石原暖身的政治秀。這種說法未必正確。得到諾貝爾獎的川端康成的成名作《伊豆的舞孃》光是電影就拍過兩次。而在日本最膾炙人口的《忠臣藏》不但由各種不同的角度拍過許多部電影，電視台、舞台劇幾乎每兩三年都要重新盛大開演一次。

如果說《忠臣藏》形塑的是傳統的日本人的心靈，那麼《太陽的季節》形塑的是二次大戰後新一代日本人的心靈。書中的主角石原裕次郎扮演的角色，更是日本新一代年輕人狂熱崇拜的偶像，而有所謂的「太陽族」。

《太陽的季節》是石原傳奇的起點與核心。這部小說其實大部分是石原一家的寫照。高中時代喪父而家道中落的石原，母親不擅理財，弟弟揮金如土，於是身爲長兄的石原，不但省吃儉用，而且考進以商科著名的一橋大學準備將來當會計師來維持家族的生計。進了大學以後，石原發現會計不是他的所好，與同學一起辦的文學同仁雜誌才是他的最愛。作品剛刊出就引來文壇的側目，《太陽》一書正式刊行更是轟動日本，短短的幾個月內就狂賣了二十五萬冊，連奪文學新人賞及芥川賞。當時石原還在一橋大學讀書。

第二年，《太陽的季節》拍成電影，主角就是由原作故事中的「眞人」石原裕次郎擔綱，石原兄弟自此風靡日本數十年而不衰。一九六八年，石原更以史無前例的三百萬票當選參議院議員，展開他的政治生涯。國會議員任滿二十五年，又突如其來地宣布辭職重返文壇，不但創作不歇，且出任芥川賞的評審委員，直到一九九九年復出當選東京都知事。

《太陽的季節》描寫的是敢於叛逆、奔放而熱情的人生，是自由的世界所獨有的，與死氣沉沉的共產專制政權是格格不入的。而石原的傳奇，也是日本自明治維新時期引進歐洲的民主政治社會環境下所孕育出來的時代故事。

根據《朝日新聞》最近對石原所作的民調支持率是百分之七十八，放眼日本政壇，眞是一則罕有的傳奇。

諾埃爾·杜特萊的序言

高行健所控訴的中國專制極權，與台灣的民主政府根本無法異類同比。這種政治操弄，不但使高行健桂冠蒙塵，對這篇充滿真知灼見的序言來說，也真是冤枉透頂的一件事。

翻開聯副文庫第三十七號叢書這本由法國國立圖書中心贊助發行的名著第一頁，就可以看見諾埃爾·杜特萊的序言。

這篇序言這樣開頭：「這二十世紀暴力與殘酷蔓延，觸及的國家之廣，受害者之多，前所未有……種種慘劇，都說明了儘管科學技術一個世紀來取得了難以想像的進步，人卻仍在想方設法消滅行爲與想法不同的同類，而不是去謀求對話與討論。」

在概括性開宗明義式的首段之後，諾埃爾·杜特萊的序言在第三頁直接指出：「這部小說竟然是對中國極權制度一番無情的揭露，作者認爲，其暴力與犬儒主義同納粹主義、史達林主義、法西斯主義及其後繼相比毫不遜色。」

最後，諾埃爾．杜特萊爲這部小說下總結：「人們終於得到了這世紀末中國小說的偉大之作，敢於揭露他那國家由中國共產黨建立的極權制度而又始終不放棄最大膽的文學手段，給世界上這片土地帶來一束強光的這部小說。」

諾埃爾．杜特萊是法國愛克斯普羅旺斯大學中文系的系主任。他爲之作序的這本小說，就是兩年前獲諾貝爾獎的作家高行健的《一個人的聖經》。

看完了這段序文，對文學再外行的人也會知道，「一個人」指的是毛澤東，「聖經」就是毛語錄，小說的背景就是文化大革命。在文學以外，就政治制度的比較，高行健所控訴的中國專制極權，與台灣每四年一次總統大選的民主政府根本無法異類同比。可是，這部作品卻在前不久被台北市長馬英九作爲攻擊陳水扁的工具！

中國式官場的思維喜歡操弄文人，與中國式的文人喜歡貼近政權是互爲表裡的。高行健出逃法國，甚至在獲得諾貝爾獎以後，都無法擺脫這個宿命。不但「祖國」在舉世推崇聲中對他撻伐不遺餘力，還因喜歡貼近政權的文人龍應台（在《百年思索》裡，龍應台自己細數與軍頭郝柏村、許歷農等人的惺惺相惜）邀他出任台北市駐市作家，而無端捲入了馬英九砲轟陳水扁的政爭泡沫裡。

應當是高行健駐市作家的身分啓發了馬英九的靈感，想出了以諾貝爾獎級的作品在台北市議會裡砲轟國家最高領導人這樣的高招來！

馬英九是占了上風，一大票民進黨議員圍著他鬧了半天鬧不出所以然來。但是這種政治操弄，不但使高行健桂冠蒙塵，諾埃爾・杜特萊的序言也因而看來有如一篇發酸可笑的政治八股，這是文學被政治利用後必然的質變。對這篇充滿眞知灼見的序言來說，這眞是冤枉透頂的一件事。

東方白與蔣總統萬歲

文學的歸文學，東方白與蔣總統萬歲繼續存在於小說集中，他沒被政治力量修理，原因之一是搞政治的人不大看文學。

東方白有一篇短篇小說，題目是〈所羅門的三民主義〉。

這是一個很奇怪的題目，而內容也很怪異。所羅門是美國一個醫生世家的子弟，因爲在美國混嬉痞，所以被父親送到台灣來，幾經周折，終於進了台北一家醫學院就讀。進了醫學院以後，所羅門各學科成績都很好，包括中文（國文）也很好，唯獨有問題的是三民主義這門課。因爲所羅門對三民主義抱持一種很天眞的態度，認爲自己在美國十歲時就讀過三民主義，這種觀點很令人好奇而不解，所羅門於是加以說明，孫中山的三民主義，說明了就是根據美國總統林肯的民有、民治、民享而來的，而所羅門在十歲時就讀過林肯的〈蓋茨堡演說〉，並且把這篇演說背得滾瓜爛熟，所以他自認三民主義這門課沒問題，一定會ＯＫ。

期終考快到了，所羅門的朋友都為他的三民主義憂心。恐怕他被當了無法畢業，可是所羅門仍一副胸有成竹的樣子，三民主義的課本連翻也不去翻。在眾人的憂心中，所羅門考完了期終考，成績出來了，所羅門各科都考得很好，而最好的是三民主義，竟考了一百分。沒有人相信這是眞的，結果所羅門拿著他的考試答案卷為證，眞的是考了一百分，而整科三民主義的答案，只有五個斗大的黑字：「蔣總統萬歲」。

東方白在小說中還特別指出，這科考試出了五個考題，要考生試申論之。結果所羅門剛好寫了五個大字，一字回答一題，「眞是言簡意賅，禪意十足。」東方白並且在小說中指出，所羅門告訴他，研究了一年三民主義，心得就是蔣總統萬歲。

東方白這篇剖析蔣家舊時代的封建專制對學術與教育所產生的流毒，使用的是文學上的反諷手法，十分犀利而且一針見血。這篇小說收在東方白最新小說集《魂轎》裡面。而前衛出版社為東方白在國賓大飯店舉行新書發表會那天，正好是陳師孟以總統府祕書長身分列席立法院時，以國旗不等同於中華民國的言論而惹來極大風波的第二天。

東方白本名林文德，是台大畢業以後留美的水利工程博士，久居美國。陳師孟也是台大畢業留學美國的經濟學博士。他們兩人各自以西方的邏輯觀點來詮釋歷史所存在過的眞實，前者以文學的手法建構出一篇令人印象深刻的小說，後者以簡練明晰的幾句學者型老實話在立法院引發巨爆。

文學的歸文學，東方白與蔣總統萬歲繼續存在於他的小說集中。政治的歸政治，陳師孟從總統府祕書長飄然退出渾濁的政治圈，成爲台灣第一任凱達格蘭學校的校長。

東方白沒被政治力量修理，一方面是隔行如隔山，二來也是搞政治的人不大看文學。陳師孟當了校長還有人想修理他，是搞政治的人喜歡政治的惡鬥本質，但要修理像凱達格蘭學校這種台灣前所未有的學校校長陳師孟更是不易，於是只好拿凱達格蘭其他一些枝節來作文章了。兩相比較，當作家的東方白顯然比當過總統府祕書長的陳師孟要快活多了。

余光中與狼來了

看過了〈狼來了〉再來看余光中的詩與詩論，多少或會覺得，詩，或者是詩論，有時大概跟垃圾差不了很多，都是可以丟到垃圾桶裡。

一九七七年八月二十日，《聯合報》的副刊上登了一篇題爲〈狼來了〉的文章，作者是名詩人余光中。這篇文章的第一段是這樣開始的：

「回國半個月，見到許多文友，大家最驚心的一個話題是：『工農兵的文藝，台灣已經有人在公然提倡了！』」

接下來，余光中爲工農兵文藝如此下定義：「所謂『工農兵文藝』，有其特定的歷史背景與政治用心。民國三十一年五月（一九四二年），毛澤東『在延安文藝座談會上的講話』中，曾經明確宣布：『我們的文藝，第一是爲工人的，這是領導革命的階級。

第二是爲農民的，他們是革命中最廣大最堅決的同盟軍。第三是爲武裝起來的工人農民，即八路軍、新四軍和其他人民武裝隊伍的，這是革命戰爭的主力。』……」

被余光中在文章中引用毛澤東的講話來下定義的所謂「工農兵文藝」，指的是當時正在台灣興起的鄉土文學作品，包括了楊青矗的工人小說、宋澤萊的農民小說、王拓的漁民小說，以及反映台灣社會黑暗面與現實問題的各家小說。余光中將這些文學作品與毛澤東的「工農兵文藝」畫上等號，目的是什麼呢？

在這篇文章的下一段，余光中如此寫到：

「從前引的毛語來看，所謂『工農兵文藝』正是配合階級鬥爭的一種文藝：政治才是目的，文藝云云不過是一種手段。……」

由這段文字可以看出，余光中認爲當時的鄉土文學作家所進行的，是一種以文藝爲名的階級鬥爭。在蔣家統治下的台灣，作家被指控爲搞階級鬥爭，是極爲嚴重而可怕的一項罪名。余光中在這篇文章要結束時，對此一嚴重性並未加以否認，而以更可怕的方式來作結論：

「那些工農兵文藝工作者立刻會嚷起來：『這是戴帽子』……說眞話的時候已經來

到，不見狼而叫『狼來了』，是自擾。見狼而不叫『狼來了』，是膽怯。問題不在帽子，在頭。如果帽子合頭，就不叫『戴帽子』，叫『抓頭』。在大嚷『戴帽子』之前，那些工農兵文藝工作者，還是先檢查自己的頭吧。」

寫過詩集《蓮的聯想》的余光中，他在這段結論裡所提到的「抓頭論」，很明白提供了一項暗喻與聯想：搞階級鬥爭想造反的人，小心自己的頭了。這種象徵隱喻手法，也非常符合中國政治文化裡造反者殺頭的傳統。

余光中這篇〈狼來了〉引燃了長達半年的「鄉土文學論戰」。再配合蔡鐘雄為文說「黨外是台獨與共匪的同路人」，也就是「三合一的敵人」理論，終於為蔣家國民黨鎮壓民主反對運動人士鋪好了理論的基礎。而在一九七九年底進行了美麗島大逮捕，迫害台灣的人權與自由。

最近不斷在副刊上看到余光中舞詩弄墨，一副文人清流的模樣。不禁懷疑起自己的記憶，以為是記錯人了。好不容易在書櫃裡找到一九七八年由遠流與長橋出版，長達八百多頁的《鄉土文學討論集》，重新翻閱〈狼來了〉這篇文章，才確定是當年為蔣家政權充當文壇馬前卒、要取作家人頭的劊子手余光中沒錯。也確定了自己的記憶沒錯。

詩，其實是極隱晦的。看過了〈狼來了〉再來看余光中的詩與詩論，多少或會覺得，詩，或者是詩論，有時大概跟垃圾差不了很多，都是可以丟到垃圾桶裡。歷史的垃圾桶裡。

另一種忙碌的哲學家

台灣文化界的反戰分子，就像滾動圓桶的狄奧尼真士，有喜劇和逗笑的效果，但卻與現實有很大認知上的落差。

星期日的早上，在家裡有幾分無聊地翻動報紙，看到一則文化界大集合，舉辦台灣反戰之夜的新聞。心裡因此有一種莫名所以的感覺。

下午，對著書櫃發呆時，卻突然發現過一本在記憶中找不到任何印象的書，書名是《齊克果寓言》。這本小書裡面有很多令人噴飯的小故事。其中有一則故事如下：

菲立普威脅要圍攻科倫茲這個城市。於是這個城市的所有居民都很快起而抵禦，有的人擦亮武器，有的人收集石頭，有的人修護城牆。此時狄奧尼眞士看到這種情景，就匆匆披上斗篷，開始熱心地在街上來回滾動著桶。有人問他爲什麼這樣做，他回答說，他希望像其餘的人一樣忙；他滾動著桶，是唯恐自己成爲那麼多勤勉的市民中唯一無所事事的人。

把這則小故事拿來比擬台灣反戰之夜，其實不是很恰當的，因爲台灣的反戰分子做的事正好是與忙碌的哲學家所做的相反的一件事。

齊克果是十八世紀丹麥的哲學家，也是歐洲存在主義的鼻祖。六〇年代初期，他的著作在台灣文學界相當流行過一陣子。這與當時台灣的文學界正由早期的反共文學與懷舊文學中萌芽出重視個人主體的現代文學有關。歐洲正流行的存在主義文學，以卡繆、沙特等人的文學爲代表，已被移植到台灣來，這一方面也促成了民主與人權意識的覺醒。

齊克果在這個小故事裡所要凸顯的，大概是哲學家所忙碌的工作，其實是有點可笑的。就這一點而言，台灣反戰之夜，倒很類似。林懷民自己就爲這點作了自我批判，認爲反戰之夜動作太慢，還懷疑自己已經失去了理想主義。

而事實也是如此，海珊的帝王宮已經曝光，豪奢的程度與伊拉克的人民生活成天壤之比；歐美的反戰陣營，包括知識分子，正在爲自己找更好的理由來作爲下台階；反對攻打伊拉克的聯合國，則主張要主導美、英聯軍共同控制下的重建工程。整個國際情況回到了現實面，專制腐敗的獨裁者跑了，反對英美出兵的聲音開始轉向了。而這個時候，台灣的文化界——雖然他們只是一小部分人——卻跑出來反戰。

所以，台灣文化界的反戰分子，就像那滾動圓桶的狄奧尼眞士，是二十一世紀台灣的「另一種忙碌的哲學家」，很有喜劇和逗笑的效果，但卻與現實——不管是在國際上或台灣——有很大認知上的落差。

至於《聯合報》在十四日二版的方塊文章〈戰完了還是要反戰〉，表面上是反戰，文章裡卻露出一股好鬥之氣，戰爭通常就是這類無理取鬧的文章所引起的。難怪謝長廷要告《聯合報》。

天譴

台灣一九〇一年爆發鼠疫，相隔了一百零二年，台灣爆發SARS疫病，病源來自中國，對於後殖民的台灣，這是極大的諷刺與天譴。

SARS猖獗，有些專欄在評述此一二十一世紀的瘟疫時，多少會在文章內提到諾貝爾獎文學家賈西亞．馬奎斯的長篇力作《愛在瘟疫蔓延時》，這可能是評論的遊戲之作，或是插花式的神來之筆，目前在台灣出現的疫病，與馬奎斯這本力作並不搭嘎，因為這本小說的主題，是一件長達半世紀的戀情。年輕時的戀人出嫁了，五十年後夫歿成爲寡婦，癡情的戀人依舊單身，出現在死者的靈堂，並向已是老婦的未亡人求婚。這是馬奎斯式非常獨特的愛情小說，瘟疫，只偶爾穿插其間。

眞正以瘟疫爲主題寫下完整而深刻的文學作品的，應當是一九五七年的諾貝爾文學獎得主阿伯特．卡繆的《瘟疫》。這本長篇小說，是卡繆在二次大戰期間活躍於他的文化抗爭工作之後，於一九四六年戰爭結束後到美國旅行時所作。美國在二次大戰協助歐洲國家打敗德國，成爲新興的強國，自然在戰後會對歐洲國家產生一定的吸引力。

卡繆的《瘟疫》在一九四七年出版，由於卡繆的寫作能力，以及考證工作史料的查證相當嚴謹，立即受到好評。《紐約時報》著名的書評專欄，立刻對這本書提出評介。認爲這本書對於人存在的處境，提出了深刻的探討，也爲文化界及哲學思考帶來了衝擊。書評中引介瘟疫發生的情況時，如此開始：

「故事是敘述阿爾及利亞的歐蘭市在一九四〇年代某一年時發生鼠疫。起初，老鼠逃出下水道在街上橫死，沒有人知道原因，數星期之後，有人開始莫名其妙發高燒而死，而且出現恐怖的症狀……」

卡繆在寫作這本小說的五年前，也就是一九四一年四月的札記裡就提到這場瘟疫，記錄下幾項瘟疫的可怕景象：

「有位年輕的教士看到受傷的創口流著黑膿，失去信仰了。他拿起了聖油：『假如我能活著出去……』但他也沒有活多久。一切都要爲此付出代價的。

……大家不再埋葬死人了，都往海裡拋。但還是太多了，拋不勝拋，海面上好像浮起一大堆巨大的泡球。」

最可怕的是下面這一段：

「有位先生很愛他的妻子，在她臉上發現了瘟疫的徵兆。他從來沒有這麼愛她，也從來沒有這麼討厭她。他內心交戰不已，但瘟疫還是贏了，他開始討厭她，他抓住她的手，把她從床上拖起，拉她走過房間、大廳、走廊、穿過兩條小巷，來到一條大馬路，最後把她丟在一條陰溝旁邊。『畢竟，世上還有別的女人。』他說：『總之啊，這是一場大災禍。』」

卡繆這段札記，預示了五年後他的小說《瘟疫》的主題——如何面對死亡。這與馬奎斯的《愛在瘟疫蔓延時》裡的愛情，是截然不同的反向對比。卡繆札記關於瘟疫的最後一段，讀來似曾相識。台中第一個因SARS而死的男子，一個人從醫院被送進火葬場，家人只能遠遠目送他，心裡懷著哀傷。

台灣在二十世紀初，即一九〇一年爆發鼠疫，死三千多人，相對於當時約三百萬的人口，這是相當可怕的災禍。一直到一九一八年，疫情才在日本明治政府衛生單位的努力下，全部撲滅。相隔了一百零二年，台灣再爆疫病，而病源來自中國以及回歸祖國的香港，對於後殖民的台灣，這是極大的諷刺。似乎也可視爲一種預警式的天譴：再搞三通吧！再說什麼中國和平之旅吧！

亂碼

SARS & K-19……五四，是華人世界中最新的亂碼。

非典型肺炎SARS淹沒了一切。五四，幾乎成了一個被遺忘的符碼。這個在二十世紀初期曾經狂飆過的中國自由主義運動，似乎已在人們的記憶中煙消雲散。

SARS擠爆了媒體，媒體中滿溢SARS。在中國，除了SARS以外，在五四那天，還可以另外加上一個新的符碼：K-19。

「K-19」是啥碗糕？《K-19》是一部電影的名字。這部二〇〇一年前由好萊塢紅星哈里遜·福特所主演的前蘇聯冷戰時代的核子潛艦災難片，剛好在五四的前一天活生生地在中國演出。一艘中國潛艦在軍事演習時出了意外，艦上七十官兵無一倖免，情節比《K-19》簡單，人命卻多出好幾倍。有些影評人認爲，《K-19》這部電影所要凸顯的是英雄的愛國情操。但這種說法，卻被前蘇聯官員紛至沓來的攻擊所否定。《K-19》這部電影所暴露的是一九六〇年代，蘇聯政權的專制腐敗所造成的人命與財產的悲慘損失。

SARS與中國版《K-19》本來都是不該有政治色彩的疫病與意外災難。但在政治，或者說是政治局老大哥操控一切的中國，兩者都蒙上一層濃厚的政治色彩。SARS，早在去年底就已出現在中國廣東，由於中國政權正值世代交替，加上報喜不報憂、報憂就砍頭的古老政治文化傳統，在欺下瞞上的官場中，「非典」迅速蔓延。疫病同時也是政治病，政治局老大哥於是先拿不在政治局裡的北京市長和衛生部長來開刀。

如果說SARS是因隱瞞而滋長，那潛艦事件正好是反向政治操作的結果。許多相關報導的焦點，都集中在江澤民與胡錦濤之間的權力鬥爭。

有人認爲，SARS與中國的《K-19》未嘗不是中國民主政治改革的一個新契機。如果有一種人可以被稱之爲「不可救藥的樂觀主義者」，指的應當就是這一種容易失憶的人。要不然他應當會從「五四」這個快要被遺忘的符碼中知道，他的樂觀主義其實是很荒謬的。

「五四」曾經有過光輝耀眼的日子。正如托克維爾所說的，文學是平民與弱勢者從中取得武器的地方。五四運動中提出「文學改良芻議」的自由主義者胡適，被激進的中共創始人陳獨秀以「文學革命」的名義推向歷史革命浪潮的頂峰，赤焰席捲下的中國，並無改良主義者的容身之地。胡適終於在沒有說話自由的蔣家政權，與沒有不說話自由的中共政權中選擇了前者；但是當殷海光與雷震眞正在台灣採取自由主義的實踐行動時，自由主義者胡適只能在蔣家鎭壓及整肅的行動中驚懼以終。

在中國，仍有人在懷念五四時代的自由主義者胡適。在《告別革命》這本李澤厚與劉再復的對話錄裡，可以發現他們對胡適之懷念是如此之深，以致身在美國的他們感到距離祖國是如此之遙。——如何去測量放逐的距離與空間是有多廣大？

二〇〇三年的五四，只有文采風流的文茜小妹大在《中時》人間副刊上，以〈歷史的隱居者〉一文，來紀念「胡適以後最偉大的中國自由主義者」殷海光。這是很能發揚歷史幽光的一件美事。但文茜小妹大一直不能忘情於殷海光所養的一隻名字叫作「領袖」的毛茸茸大狗，她在這篇紀念殷海光的文章中有此一問：殷海光如果是現在還養著這樣一條狗，名字會是叫什麼呢？另外又一問是，殷海光如果還活著，他的電視節目會被停播嗎？唉！小妹大，肚量也要大一點嘛，眞是的！

SARS & K-19……五四，是華人世界中最新的亂碼。

輯二

靖國神社症候群

日本獨特的生命觀有其一定歷史背景，要了解日本人這段生命文化觀並非易事，「靖國神社症候群」因此每年都會發作一次，這實在是國際間很無聊的一種老毛病。

日相小泉又突然去靖國神社參拜，於是，一如往年，引來中、韓兩國的抗議。這種每年要發作一次的症候群，看來有些無聊，但卻顯現了某些深層的文化差異。

在台灣引起軒然大波的《台灣論》作者小林善紀在他的漫畫中呈現了他對日本與中韓文化差異的看法。小林認爲，日本走的是進步的民主多元文化，而中國與韓國的政治文化面相則正好相反，因此引發衝突，乃至爆發戰爭。這種說法不完全是空穴來風，但卻很明顯將日本的侵略行爲予以美化。好笑又愚蠢的是，當時的新黨立委馮滬祥竟然在二十一世紀的台灣上演「焚書」的反智封建戲碼，反倒證實了小林的文化觀察是正確的。

小林善紀的中、韓文化觀察集中在政治文化上，他用了很簡單的形容詞：中國是「大中華帝國」，而韓國則是依附於中國的「小中華帝國」。這樣的形容看來有些刻薄，但卻清楚而明白，比較爭議的是對於韓國的看法，但北韓依附中國是不爭的事實，而前不久美國小布希總統形容北韓爲流氓國家，卻引來南韓的抗議，也間接又反證了小林觀點的正確性。

要分析日本與中韓文化，尤在政治文化上的差異，要先了解日本的武士道文化。日本大導演小林正樹的名作《切腹》一劇，就曾用有別於傳統的觀點去詮釋武士道精神。日本傳統的武士道是一種視死如歸，甚至是視生命如草芥的生命觀，用比較正面的看法來解釋，或許可以稱之爲「櫻花的生命觀」——意指在最爲璀燦的時刻，結束了生命的「自殺美學」。所以，不但被視爲軍國主義者的三島由紀夫以令人慄目的手段自殺，連得到諾貝爾文學獎的川端康成也走上自殺一途。

日本這種獨特的生命觀有其一定歷史背景，在德川幕府時代之前有織田信長的「人生五十年」之語，後來織田果眞在五十歲時自焚於本能寺。其時織田已快完成統一日本的豐功偉績，因時運而一轉爲悲劇人物。

後來到了倒幕維新的時代，又出現了像吉田松蔭這樣偉大的啓蒙人物，吉田堅持一種可以身首異處的「唯眞理主義」，終於遭幕府斬首，其精神感召了無數的維新志士完成推翻幕府，展開了日本現代的明治維新史頁。而吉田當時所堅持的眞理就是統治著日本的德川幕府，其實是整個日本的最大亂源，此一說法有類於當年林義雄指統治台灣的國民黨是叛亂團體一般。

上述諸例都是形而上的正面例子。至於織田的「血洗比叡山」，以及幕末的諸多暗殺、維新初期死傷累累的西南戰役等所展現的生命觀，就更爲血腥無比了。

要了解日本人這段已成爲過去式的生命文化觀並非易事，當然「靖國神社症候群」因此每年都會發作一次，這實在是國際間很無聊的一種老毛病。

聖殿與曠野

幾十萬人的迎神賽會，熱情固然可感，但想想曠野中的耶穌，和菩提樹下的釋迦牟尼，吸一口山林之間的天地靈氣，不也是另外一種美麗的宗教境界？

在舊約聖經的時代，猶太民族所組成的國家，經過賢明的大衛王治理，到所羅門王即位時，國力達到了頂峰。爲了表示對上帝耶和華的尊崇，所羅門王建造了一座金碧輝煌、富麗堂皇的聖殿，供猶太人在殿中對耶和華做最虔誠的膜拜。在當時，這座聖殿的完成，不但是猶太民族興盛與強大的表徵，更是國際間一樁盛事。

依照世俗的宗教觀點來看，這座金碧輝煌、美侖美奐的聖殿，應當把猶太國推向另一個更爲國力強盛的頂峰才對，可是，歷史的發展正恰好與這樣的世俗宗教信仰的觀點相反！

所羅門之後的猶太國，開始走上災厄之路。國力逐漸衰退不說，甚至南北分裂，分裂之後的兩個小國家，又因王位的接替而不斷傳出暗殺、骨肉相殘的血腥陰謀。這當然引來鄰國的覬覦，自此兵災連連、民不聊生，最後，象徵榮耀的聖殿遭到了摧毀，又歷經幾代，才勉強復建，但復建後的聖殿已今非昔比，其規模遠遜於所羅門王的興盛與光輝的時代。

到了大衛王的後裔，也就是耶穌以救世主出現的時代，由於歷史的沉澱，聖殿已成爲猶太最大教派——法利賽人所把持的營利場所。大富人家朝拜耶和華時宰牛，財力較次者屠羊，至於升斗小民也就只能殺兩隻可憐的鴿子聊表心意。法利賽祭司壟斷了聖殿的經營權，散居鄰國和在國內四處遠道而來的朝聖者，都得向祭司購買其在「聖殿畜牧公司」所養的牛羊，交由祭司屠殺祭祀，而供品也成了祭司祭後所得；更因爲朝聖者購買供品用的錢幣不同，有了「聖殿兌幣公司」，這大概是猶太人在歷史上最早成立的「銀行」吧。

根據〈馬可福音〉的記載，仁慈的耶穌對於聖殿中的法利賽現象，採取了相當激烈的手段，先是掀桌子，再以鞭子來驅離人畜來表示反對與不滿。

在曠野中過著簡樸生活的耶穌，主張人可以憑藉信、愛與上帝直接溝通，無須以銅臭味來作媒介，自然無法不反對法利賽人「金錢至上」的信仰模式。

最近看到在中部九二一災區的某一禪寺，在號稱以五十億鉅資堆砌而成的金碧輝煌、富麗堂皇的佛教聖殿中，進行盛大的宗教活動時，不由得想到了這段聖經的故事。

也許有人會主張佛教與基督教不能異類同比。可是釋迦牟尼也是走出了金碧輝煌的王宮，在曠野中苦行多年，才在菩提樹下修成正果的。這與曠野中的耶穌的行爲模式是相同的。

農曆三月是台灣人的宗教熱季，同胞們延續年初的大規模迎佛大會，又是幾十萬人的迎神賽會，熱情固然可感，但想想曠野中的耶穌，和菩提樹下的釋迦牟尼，吸一口山林之間的天地靈氣，不也是另外一種美麗的宗教境界？

哭成一團了。最後，新娘說了一句很簡單而寓意深遠的話：「我現在才知道，人權，是最重要的一件事。」

淚光閃閃的人權新娘

四月三十日的夜晚，在高雄國賓大飯店二樓的勞工人權婚禮禮堂裡，一對又一對喜氣洋洋的新人，用各種不同的方式來表達他們新婚的甜蜜與喜悅。

在那樣的場合、在那樣的氣氛中，一個淚光閃閃、不斷擦拭著眼淚，看來極其哀傷的新娘，無疑令人感到十分地意外，在禮堂正前方的螢光幕上，在播放了一對又一對喜悅的新人的VCR以後，竟出現了淚流滿面的新娘，眞是非常令人感到突兀。

不只是錄影帶播放出來的畫面中的新娘淚流滿面，當司儀依例在影帶播放後叫新娘與新郎上台時，貴賓們才發現在禮堂右前方第二排的餐桌旁，這對新人已雙手緊握在一起，哭成淚人兒了。

他們一邊不斷拭著如泉湧出的淚水，一邊站上了禮台，由他們斷斷續續、哽咽的細訴中，賓客與在場的新人們才約略知道，新娘比新郎大了好幾歲，因爲不堪家庭暴力而離婚，當她回顧過去的婚姻生活時，她用的是「悽慘」這兩個字。而她之所以淚流滿面，並非因爲過去，而是感謝未來，她感謝她現在的新郎，願意接納比他年長五歲的她，她感謝她的公公、婆婆，願意包容她，而令她最感動的是，她的孩子，終於有了一個不會濫用暴力的好爸爸。

當他們在台上擦拭眼淚的時候，我悄悄地發覺，同桌、鄰桌的貴賓們，在之前好幾對新人上台嘻嘻哈哈樂成一團之後的當時，有人正悄悄地拭著眼淚。

最後，新娘說了一句很簡單而且很是深刻的話：「我現在才知道，人權，是最重要的一件事。」說完，又擦著她的眼淚。而她看來青澀而靦腆的新郎，拿著台旁工作人員遞給他的紙巾，在麥克風前，哽咽地擦著眼淚，說不出一句完整的話。

這對淚光閃閃的新人，第二天下午在高雄愛河邊、在音樂館前、在幽雅的管弦樂伴奏下，拭乾了眼淚，帶著非常滿足的笑容，站在國家最高元首陳水扁總統的身邊，拍下了他們的新婚照片，為公元二〇〇二年的台灣勞工人權婚禮留下了美好的見證。

這是一個民主的時代，也是一個人權的時代，最重要的，這是一個追求平民大眾幸福的時代。

淚光閃閃的人權新娘，祝福妳，還有妳那位深情款款的新郎！

在林肯&羅斯福的時代

面對這樣一個連上帝都要啞然無聲的時代，竟然有人會說出「在林肯的時代，正副總統是可以跨黨合作」的話來，能不令人啼笑皆非嗎？

台聯立委前一陣子有人提出禁止正副總統跨黨合作的主張，引來宋楚瑜的反對。理由是：在林肯的時代，正副總統是可以跨黨合作的！

台聯的主張可以有許多種理由來反對。但以「在林肯的時代」作爲反對的理由，不管就歷史的時空或制度的探討來說，實在都是很令人啼笑皆非的一件事。

因爲，如眾所周知，林肯是在一八六〇年當選美國總統，當時的美國已因奴隸問題走入南北分裂的悲劇時代。奴隸是美國自華盛頓開國以來就存在的問題。協助美國打贏獨立戰爭的法國拉法葉將軍就曾向華盛頓提出解放奴隸的主張，華盛頓的態度是默而不語，這也與當時奴隸問題並不緊張有關。但到了第三任總統傑弗遜以後，廢奴與蓄奴之間的緊張愈甚。卸任後的傑弗遜也感受到問題的嚴重性，他在一八二〇年談到奴隸問題時，以「不寒而慄」來形容他的感受。到林肯當總統的一八六〇年時，經由歷史的累積，奴隸問題已成爲一個超級大火藥庫，由於不斷的血腥衝突，終於引爆了慘烈的南北戰爭。

林肯以強硬的戰爭手段來處理奴隸問題，主要因爲其違反了美國崇高的立國精神「人人生而平等」（前年江澤民在美國說要以林肯精神來統一台灣，識者莫不爲之噴飯）。另外，蓄奴者對待奴隸的手段極爲殘酷，也使戰爭更加難以挽回。因反蓄奴而犧牲生命、被詩人愛默生形容爲「新的聖人」的布朗（John Brown）在提及蓄奴者萬惡的罪行時如此指陳：「這片土地的罪惡，永遠無法清洗，除非用鮮血。」布朗慘痛的死前預言後來成眞，光是蓋茨堡一役，雙方傷亡超過五萬，四個多月後林肯到當地發表著名的「蓋茨堡演說」時，站在講台上望去，到處都還是裝著屍體的棺木。

所以，在林肯的時代，是一個生靈塗炭、國家因爲戰爭而陷於分裂動盪的時代，林肯後來在福特劇院遭人擊中腦部而以最沉痛的悲劇結束了這個時代。

面對這樣一個連上帝都要啞然無聲的時代，竟然有人會說出「在林肯的時代，正副總統是可以跨黨合作」的話來，能不令人啼笑皆非嗎？

回歸到美國總統選舉制度的探討，宋楚瑜的思維模式也是很奇怪的。撇開美國現在不可能跨黨合作不說，在羅斯福總統時（一九三二～一九四五），美國總統是無任期限制的，羅斯福因腦溢血去世時，已當了十二年又九個月的三任多總統。這大概使美國人感到國家元首「鞠躬盡瘁，死而後已」並非國家之福，才修法改爲限制兩任八年。

基於此一認知，在二十一世紀的台灣，任何一個想選總統的人，可以說出「在羅斯福的時代，總統是可以幹到死爲止的」這種話嗎？

答案當然是否定的，除非這個人眞的是想幹總統想瘋了！

中國式的權謀思維，有時在令人討厭之餘，還眞是蠻滑稽的！

南韓足球與亞洲價值

日本近代思想啓蒙學者福澤諭吉當初的文化觀察是，亞洲價值包括了：專制、獨裁、野蠻、貪污、腐敗，福澤的觀點後來還引發了日本與朝鮮的戰爭。

四年一度的全球體壇盛事——世界盃足球賽，二〇〇二年首度移師亞洲，結果很是令世界億萬球迷感冒！主辦國南韓不但球員動作野蠻卑下，在球場上把對手搞得人仰馬翻、雞飛狗跳；裁判屢次出現影響勝負的關鍵性嚴重錯判，更令億萬球嚴重質疑主辦國南韓與球審在場外有污穢的金錢交易！

一場運動比賽可以搞到如此烏煙瘴氣，如果套用「亞洲價值」論者的觀點，不但西方的民主不能完全適用於亞洲，連西方最熱門的足球運動，好像也不太能適用於亞洲，尤其是貪污文化盛行的亞洲國家。

小林善紀在他的《台灣論》裡指韓國是「小中華帝國」，證諸金大中之子涉貪污遭檢方偵辦，以及此次南韓對裁判所施的「有錢能使鬼推磨」之術，小林之見也不無幾分道理。

也許有人會問，在日本的賽程平順，日本不也是亞洲？說來眞是傷感情，在西方體育界包括賽車界，事實上是不把日本人等同於一般亞洲人的。

如果了解日本近代思想啓蒙學者福澤諭吉的理論，就會知道日本是早在一百多年前就「脫亞入歐」了。福澤當初的文化觀察是，亞洲價值包括了：專制、獨裁、野蠻、貪污、腐敗，福澤的觀點後來還引發了日本與朝鮮的戰爭。

由這個角度來作一個比較仔細的觀察，多少是可以認識到日本與韓國這兩個鄰國何以在這次世足賽主辦與參賽過程，所呈現出來的面相是如此截然不同！

大概只有像李光耀那種無知的小獨裁者才會沾沾自喜、大言不慚地把「亞洲價值」這種污名掛在嘴上而自以爲是了。這反倒印證了福澤諭吉的眞知灼見。

李光耀在幾年前還與馬哈迪聯手攻擊過索羅斯，指索羅斯狙擊馬幣是西方列強掠奪亞洲的經濟侵略行爲。這是很無知的說法，索羅斯的量子基金是以狙擊英鎊賺進數十億美金起家的。李光耀跟馬哈迪想攻擊的是索羅斯在亞洲各地撒美金搞民主運動，但這罵不出口。而事實上，索羅斯師承卡爾·巴柏，當然是大撒美金爲開放的民主社會清除敵人，這自然會成了「亞洲價值」的敵人。

「亞洲價值」過去在國際新聞中都只是小泡沫，這次在全球億萬球迷所關注的螢光幕上，終於在韓國人的腳下施展了其驚人的威力，令世人看清楚了「亞洲價值」的眞面目。難怪輸得極不甘心的葡萄牙和義大利向韓國人叫陣，在第三國再戰！但不管是否成局，世人最近很認眞地在作李光耀式的思考，那就是：西方的足球運動，是否要在某種程度上排除亞洲？

這眞是亞洲人的恥辱！

葉國興之怒

新聞局花了一千多萬去贊助金馬獎，結果卻受了一肚子氣，難怪葉國興發飆。這也呈現了目前台灣的困境——中國老大哥是無所不在的。

最近在報紙上看到新聞局長葉國興爲了國家領導人無法上金馬獎的台而發飆的新聞，突然想起民歌手邱晨爲了他的歌曲〈青鳥〉被查禁而與新聞局打交道的故事。

那應該是二十多年前的往事，邱晨非常納悶何以像他所寫的〈青鳥〉那麼清純的民歌，會被查禁？於是就找到新聞局去。新聞局的人於是拿出他的曲子來，問他，爲什麼你的歌詞裡有「飛過來，飛過來」這樣的字眼？邱晨楞在那裡，覺得莫名其妙。新聞局的人又告訴他，爲什麼不改成「飛過去，飛過去」呢？邱晨這才弄清楚，新聞局的人把他的青鳥弄成轟炸機或戰鬥機，該到台灣海峽對面去殺幾個共匪才對。邱晨能寫能唱，當時又以丘丘合唱團紅透全台灣，一氣之下跑到當時的黨外野台上給國民黨牽亡——唱牽亡歌！這當然也把自己的飯碗打破了，所有節目全遭三台封殺。

國民黨給牽亡牽倒了，這固然是很大快人心的事，至少對邱晨應該是這樣才對。可是，當年那個新聞局所扮演的「老大哥」的角色消失了沒有？

從這次金馬獎主辦單位以一種稀奇古怪的理由拒絕國家重要領導人上台的過程來看，「老大哥」不但還在，而且更具有懾人的威力。顯然葉國興扮演了當年邱晨的角色，而政府卻成了邱晨曲中的青鳥，花了一千多萬當冤大頭，就是因爲主辦單位想「飛過去」，所以主動成了中國老大哥的檢查員。

金馬獎的主辦單位把理由說得冠冕堂皇，說是依照李行在一九九九年所創下的慣例，要與政治人物保持距離。這種理由很怪異，金馬獎搞了幾十年，四年前的特例卻成了慣例。而李行爲何在四年前拒絕政治人物上台，原因無他，那年是總統大選前一年，李行又正好是台灣省電影公司的董事長，後台大老闆是宋楚瑜，也就是所謂的宋系人馬。宋要脫黨競選，李行不讓政治人物上台，其實就是拒絕宋以外的政治人物，這是間接幫了宋的忙。後來李行等一干影藝界人士大批上了宋的助選台，行徑就更清楚了。挺宋自然支持一中，反台更是順理成章。

新聞局花了一千多萬去贊助金馬獎，結果卻受了一肚子氣，難怪葉國興發飆。這也呈現了目前台灣的困境——中國老大哥是無所不在的。如果不是葉國興之怒，台灣人大概還不知道，堂堂行政院長游錫堃竟然在中國老大哥的陰影下被電檢剪掉了。在台灣這種處境下，居然李遠哲院長會說出「江澤民笑得很可愛」的話來，我們只能說李大院長可眞是天眞到了極點。

其實，憤怒之餘，政府當局所要冷靜思考的是，與其辦這種聊勝於無又花錢當冤大頭的金馬獎，倒不如把這些錢拿來培植有原創力的人才，例如這次在威尼斯得獎的兩位新銳導演，也許對台灣電影會更有意義，也更能提高台灣在國際社會的能見度。

沒有獨裁者的秋天

威權固然已經解構，但除魅可要多費幾番工夫。這個秋天裡，也有人出來召開記者會，高呼沒有獨裁者，更沒有獨裁者在這個島上存在過。

如果要爲二〇〇二年的秋天定調，很容易令人想起諾貝爾獎作家馬奎斯所作《獨裁者的秋天》這部小說的名稱，在獨裁者已經消失而不存在的台灣，這個秋天當然是一個沒有獨裁者的秋天。

根據馬奎斯在他的傳記中的說法，一個端著機槍一步一步往後退出總統府的將軍，是他這部小說主角的原型。

中秋夜，象徵國家最高統治機關的總統府，出現了前所未見的歷史性鏡頭，來自法國的飛行異人表演團體，在強烈的燈光聚焦下，一步一步踩著總統府，在悠揚的女音唱聲中，緩慢的向上攀升。這個表演的內涵也極其清楚，威權已然解構，沒有人可以是獨裁者，那怕是國家最高元首總統，也不過是人民選出來爲民服務的公僕而已。

威權固然已經解構，但除魅可要多費幾番工夫。這個秋天裡，也有人出來召開記者會，高呼沒有獨裁者，更沒有獨裁者在這個島上存在過。

開記者會的人是章孝嚴，記者會的大標題是：「豈容青史盡成灰」。剛看這個標題，你會很容易誤以爲他是要勇敢地站出來爲秋初在新聞報導上成爲焦點的雷震案說幾句公道話。但事實正好相反，他是爲將雷震這樣一個自由主義分子構陷下獄的蔣中正喊冤，說他未過門的祖父不是獨裁者，他引用並凸顯「豈容青史盡成灰」這句話是一個很失敗的賣點。因爲在他祖父蔣中正治下的台灣，雷震不但坐了十年冤枉的黑牢，連他心血之作，四百萬字的回憶錄也遭到焚燬，化爲灰燼。青史眞的成了灰。

章孝嚴想用「豈容青史盡成灰」來聲援他祖父，沒想到卻打了他祖父一巴掌，還坐實了他獨裁者的罪名。其實，在二十一世紀的台灣，就算所有的歷史都像雷震回憶錄一樣化爲灰燼，蔣介石的獨裁者形象卻是早就定位了。數不完的白色恐怖、二二八事件的槍下冤魂、美麗島大逮捕、林義雄祖孫命案，所有這些專制獨裁時代的受害人、當事人、關係人，大部分都還活得好好的，他們就是一頁又一頁永不成灰的歷史。

如果要美化蔣家祖孫，湯姆．漢克最近演出的《非法正義》是最好的題材。這部片子的廣告詞是：每一位父親都是孩子的英雄。在章孝嚴來說，還要加上一個祖父就對了。雙手血腥的父親，究竟還是父親，這是《非法正義》的主題。

章孝嚴還引經據典說他祖父是思想家，這使人想起當年把國民黨打得滿街跑的另一個紅色中國最大號的思想家毛澤東，不但中國人人要讀《毛語錄》，世界各地都有揹槍的毛主義信徒，他的思想核心說來很簡單，就是槍桿子出政權而已。思想如此銳利，難怪國民黨不敵，因爲蔣中正也是靠槍桿子起來當中國思想家的。

馬奎斯的《獨裁者的秋天》在中國簡體字版的譯本叫作《家長的沒落》。這是很狗屁不通的翻譯。合理的推測是，這本書在翻譯時，「獨裁者」三個字在中國還是一大禁忌。

不對稱理論的賽局

不過對涂醒哲來說，他必須注意的是王金平所說的「該退就退」這句話。因為王金平手上捏了一整副的大A牌，保證不會有一張小丑。

立委李慶安與被害人鄭可榮合演的性騷擾案以超級大烏龍的形態急轉而下以後，《聯合報》言論版以大頭條的方式登了一篇所謂的「資訊不對等」的文章來詮釋此一案件。

對於修過「不對稱理論」這門課的人而言，對於媒體工作者竟然會引用此一理論來詮釋政治性的個案，一定會感到很意外。因爲，所謂的「不對稱理論」歸屬於經濟學的領域，其主要核心脫離不了浩繁無比的數字與計算分析，其本質是客觀而實證的。這正好與政治的主觀理論性分析是相違背的。

不對稱理論在經濟學領域裡一直是主流。二〇〇一年的諾貝爾經濟獎，乃至較早的一九九六年的頒獎對象，都是鑽研不對稱理論的經濟學家。此一理論並衍生出「賽局理論」或稱「博奕理論」等。

何以諾貝爾獎獨鍾不對稱理論？用一種比較通俗的說法來說，不對稱理論關心的重點之一，是投資大眾的利益。孜孜不倦地提醒投資人千萬可別中了不對稱理論的陷阱——當股票上市公司發布好消息時，投資人一窩蜂搶進，結果股價創下天價與天量，從此江河日下，而招致慘重的損失。

如果用文學的領域來比擬，諾貝爾文學獎基於其理想性的特質，關心的是人在這個世界上的境況。而人的境況的核心，當然是人權與自由。於是描寫人權遭到迫害的文學作品，經常是諾貝爾獎的熱門主題。匈牙利作家因惹．卡爾特斯的得獎，也是因其作品描寫了納粹集中營的境況而得獎。這再度呈現了諾貝爾獎關懷人權的特質。

《聯合報》這篇所謂資訊不對等理論的觀點，呈現了一種中國式思維的問題，就是對於數字與人權平等的客觀思維的不足。這反映在中國的歷史裡面，就是改朝換代時無止盡的殺戮。因爲數字與平等的對立面，就是一種可以隨心所欲的評論與捏造。

如果以此一烏龍案作爲主題來討論，可以發現其本質非常符合中國官場文化的羅織成罪手法。若是《聯合報》言論版這種「資訊不對等」的邏輯可以成立，那羅織成罪的理由就是，既然我不知道他確實犯了同性戀性騷擾的罪，又怎能怪我羅織他入罪呢？這是中國文化惡質面的另一種深化。

而屠豪麟的出現，倒是比較符合所謂賽局的一種趣味。就是當整個超級梭哈大賭局要翻出底牌時，人人都預期是一張大A牌時，竟翻出了一張小丑（Joker）來，這眞是很令人絕倒。

不過對涂醒哲來說，他必須注意的是王金平所說的「該退就退」這句話。因爲王金平手上捏了一整副的大A牌，保證不會有一張小丑。他如果眞的出手，才眞的是一場不對稱理論的賽局，這也是目前台北政治圈的本質。

媒體神聖化的謬見

如果我們用柏拉圖所建構的烏托邦理念來為媒體這種觀點下定義，也許可以問說，傑弗遜所謂的媒體的神聖烏托邦能夠或曾經存在嗎？

台灣每在發生有關媒體與政府之間的糾葛時，經常有人喜歡引用美國開國元勳傑弗遜的名言，說是如果要在政府與媒體之間作一選擇，將會選擇媒體，而寧願沒有政府的話來。有些媒體人在引述傑弗遜這句名言時，字裡行間甚至認爲媒體的功能如眞正發揮到無政府狀態，就是傑弗遜偉大民主時代的再現，更是世界文明的最高境界。

事實上，果眞如此嗎？如果我們用柏拉圖所建構的烏托邦理念來爲媒體這種觀點下定義，也許可以問說，傑弗遜所謂的媒體的神聖烏托邦能夠或曾經存在嗎？答案自然很清楚，在事實上、邏輯上當然都不曾也不可能存在過。因爲以道德爲一元意識中心的社會，經常會是很殘忍的社會。

如果我們來比較一九四五年以後的中國與美國，最能了解此一觀點。

一九四五年的美國總統杜魯門總統出身平庸，才具中等。可是在他的帶領下，因爲民主的機制，使美國開創了一個新的光榮時代。不但國務卿馬歇爾將軍成爲第一個拿到諾貝爾和平獎的軍人，杜魯門本身也因冷靜理性的領導才能在二十世紀末獲美國歷史學者票選晉身十大總統之內。這說明了民主制度是不需要聖人賢君之類的偉人的。

而在中國，一九四五年後的國共兩黨，在慘烈的內戰之後，雙方都忙於造神運動。即使是已經二十一世紀，還看得到這種造神運動的殘餘。台灣不但有慈湖謁陵，還有耗費不貲、規模舉世無雙的中正紀念堂。在中國，毛澤東的肖像比台灣的媽祖神像更搶手，廣大的中國人民相信毛澤東比任何的神祇更具神威。在他們統治期間的中國與台灣，人民的生命與自由、尊嚴其實是遭到無情的踐踏的。

如果明瞭了這種所謂政治神聖一元化的可怕，就可以知道在目前這種動輒引述傑弗遜媒體至上論的流風所及，反而導致了媒體神聖化的一元中心主義，進而引發了各種層出不窮的亂象，並危及國家認同。

其實，傑弗遜對美國乃至對人類最大的貢獻，應該是起草了美國的獨立宣言，清晰地闡釋了人生而平等的觀念，並凝聚了北美十三州的聯邦意識，而非媒體觀。在飛彈威脅下的台灣，需要獨立宣言之類的共識。而且還要有開始時便要堅定的認知——這是另一獨立運動發起人山繆·亞當斯的觀點。亞當斯當時還認爲，任何對英國的讓步都會導致北美十三州完全被征服，證諸歷史，這確是眞知灼見。

黃碧端批判雙李謬論之評析

李登輝與民進黨執政以後，黃碧端的攻擊焦點都集中在本土派的政治人物，文章雖故作婉約，但其實都夾帶有濃厚的外省優越感的意識情結。

《聯合報》副刊十一月一日登了一篇黃碧端的評論文章，把李登輝前總統與台北市長候選人李應元批得一文不值，大肆吹捧國民黨籍的市長馬英九是一位有好心腸的好爸爸型的政治人物。又爲虛擬投票馬英九突然逆轉爲小輸給李應元而憂心不已，文末則祈禱社會美好一點！當然，黃碧端所說的美好，就是要把票投給馬英九！

一個大學校長，尤其是藝術大學的校長，當然是可以在報紙副刊，就文化、藝術的專業觀點，發表各種評論的。可是對黃碧端來說，在聯副所發表的系列文章，幾乎都以政治爲主題。尤其是李登輝與民進黨執政以後，黃碧端的攻擊焦點都集中在本土派的政治人物，文章雖故作婉約，但其實都夾帶有濃厚的外省優越感的意識情結。

黃碧端在文章一開始就譏諷李登輝，是擅長把親密戰友打成敵人的人，卻出了一本《慈悲與寬容》。這一方面透露了黃對李登輝的無知，因爲李登輝自主政以來所堅持的即是「台灣優先」的路線，只要違背這個路線，就勢必成爲他的敵人。目前的政治現況，連、宋都主張「一個中國」，可見李登輝早先將他們逐步階段性地視爲敵人是具有先見之明的。因爲在「一個中國」的原則下，台灣沒有國格，將被貶爲另一個香港，由中國派特首、軍隊來統治台灣。

另外，就所謂慈悲的定義而言，也暴露了黃碧端的另一種偏見與無知。因爲，在佛教的觀點裡，也有所謂「菩薩心腸，霹靂手段」的怒目金剛存在。基督教最偉大的耶穌，一看到法利賽人以神爲歛財的工具，就拿起鞭子追趕驅逐。至於目前最當紅的回教什葉基本教義派的恐怖手段，還說殺人殺越多才會進天堂呢。並不是每一個人都要裝得像馬英九那樣，穿三角褲和無袖背心露皮現肉地去慢跑才是標準的政治人物。

至於黃碧端對李應元的攻擊則是認爲他格調不高，對馬英九謾罵。就市政的批判與攻防，所謂的謾罵與否的得失，最後是取決於市民的抉擇。而在選戰中居於弱勢的一方通常都會採取攻勢。同樣是市長候選人，高雄市的謝長廷就跟馬英九一樣都氣定神閒、老神在在。而選戰的辯論與攻防，爲民主政治的常態，最後的結果都由候選人承擔，無須第三者在選前口沫橫飛地多費唇舌。尤其當這第三者是國立藝術大學的校長時，益是如此。要嘛就不幹校長專心搞政治，要嘛就好好幹校長別在選舉中胡亂吆喝。

最好笑的是，這篇長達一千多字的文章把雙李罵夠了，把馬英九捧上了天，最後一段結語，竟然是「我欲無言，只能說……」這又是馬英九式的慣用語法，眞是物以類聚。其實人要無言，是最簡單了，別亂扯就對了，何必扯了半天又說「欲無言」，故作婉約處子狀？這種人當大學校長，尤其是藝術大學的校長，能不令人憂心？

馬英九震盪

對馬英九震盪有苦難言的是李登輝。要帶台灣人出埃及遠離中國的李前總統，心境必定比舊約聖經裡出紅海的摩西更焦急。更何況摩西絕不會在四年前拉馬英九的手喊：新台灣人。

北高兩市大選落幕以後，馬英九史無前的超高得票率，給中央執政的民進黨帶來巨大的衝擊。二〇〇四年民進黨繼續執政的攔路虎顯然已經出現。

也許有人會譏稱馬英九過不了濁水溪，但照台北市的得票率來看，即使以濁水溪為南北分裂點，馬英九仍有令民進黨寢食難安的實力。

馬英九現象可能還會使一些政治詞語改變內涵。比如說，「一個人最大的敵人就是他自己」這句話，在李應元和馬英九對決時就不正確，李應元最大的敵人不是他自己，而千真萬確是馬英九。

馬英九的壓倒性勝利，讓「雖敗猶榮」聽起來有點走調。比較正確的說法是庄腳阿伯的講法：「輸甲脫褲！」馬英九多出來的三〇%選票，讓民進黨墮入五里霧中，謝長廷那句「拔劍四顧兩茫茫」，倒是很適合用在台北市的選局。看來二〇〇四年，民進黨就要面對馬英九帶來的試煉。自公元兩千年大潰敗以來，國民黨在馬英九身上首嘗極樂台北的滋味，下一步自然是希望極樂台灣。

馬英九震盪給親民黨帶來的衝擊更大。去年底大選國民黨言必稱泛藍時，聽在橘營就很不是滋味。所以張昭雄說，只有泛宋軍，沒有泛藍軍。今年國民黨更乾脆，不提泛藍，只講正藍，搞得橘營苦不堪言。劉文雄砲轟馬英九在前，宋楚瑜驚鴻一跪在後，並非事出無端，而是其來有自。

宋楚瑜並不想東施效顰學盧修一，奈何形勢比人強。藍軍的主導權在國民黨手中，沒幾個人注意宋楚瑜號召的什麼救台灣聯盟。宋楚瑜想自任盟主一統在野力量，可是孤掌難鳴。馬英九選得強強滾，他卻連邊都沾不上，只好遙跪馬英九以明志。

馬英九沒有宋楚瑜，贏了三十九萬票。宋楚瑜一頭熱往高雄跑，為黃俊英得罪了張博雅，還上台聲嘶力竭地喊棄保，結果黃俊英比四年前的吳敦義輸得更多。國民黨把選帳算完，一定會想問宋楚瑜，你的票在哪裡？

馬英九震盪對宋楚瑜來說，也許把「震盪」這個詞還原爲英文更貼切：SHOCK！宋楚瑜在開票前後突然銷聲匿跡，眞的像是處於休克狀態。正藍聲勢雖旺，但仍對宋投鼠忌器。人如果自認成事不足，就會想要走敗事有餘的洩忿之路。這是連馬對宋的另一種心所謂危！

對馬英九震盪有苦難言的是李登輝。要帶台灣人出埃及遠離中國的李前總統，心境必定比舊約聖經裡出紅海的摩西更焦急。更何況摩西絕不會在四年前拉馬英九的手喊：新台灣人。馬英九是李登輝的原罪，只有天上的父才能赦免。

馬英九是陰性的宋楚瑜，也是宋楚瑜的改良型，就好像尼克森是改良型的麥卡錫。更要命的是他長得比甘迺迪更帥，只要他的內分泌不因更年期而失調，他永遠是民進黨中央執政的一個大麻煩。

最後的華爾滋

英雄白髮有時正像美人遲暮。此時此刻，施明德就像最後一夜的金大班，在舞池裡一、二、三……一、二、三地舞著。如果上天憐憫，這應當是他最後的一首華爾滋了。

熾熱與激情的北高市長選戰落幕以後，人們可能驚覺，談吐依然瀟灑，衣著仍是講究的民進黨前主席施明德，竟不知不覺地在曲終人散時，已用他獨特而優雅的舞步，跳完了他最後的華爾滋。

從台灣的曼德拉到高雄的尼克森，施明德就像白先勇筆下的尹雪艷，儘管歲月流逝，可他總也不老，永遠有他浪漫不止的青春情懷。只是當他如數家珍般地細說尼克森一生的起起伏伏以自我鼓勵時，不知是否也知道，在美國歷史學家的定位裡，尼克森是美國民主政治的一頁負面教材。如果施明德會是台灣未來的尼克森，那不曉得將來誰會是那個倒楣又不得人緣的韓福瑞。韓福瑞背負了詹森越戰的原罪而未選先敗，一下場倫敦就開出三比一的賭博盤口。天賜良機讓尼克森當了總統，但他也狡詐成性在穩贏的總統連任大選裡扯出了臭不堪聞的水門事件。人們從白宮的錄音帶裡發現，原來白宮有時也是惡棍謀生活的地方。論美國歷任總統的歷史排名，他跟柯林頓都是要從後端往前數才會省時間的三流角色。

施明德怎麼看都不像尼克森，因爲曾經看來像是曼德拉的人，除非重新去投胎，否則就永遠不會像尼克森。他如果有那麼幾分像尼克森，就不會興沖沖而又天眞地以爲連宋會在高雄推他爲共主。

高希均讚美施明德「除了高尚的人格外，他一無所有。」這句話跟「天下沒有白吃的午餐」一樣有創意。但民主政治的創意要能化爲選票才有意義，從奇慘不堪的得票數來看，不但高雄市民搞不清楚高希均爲施明德寫下的名句，連高希均所代表的族群與階層也弄不懂那句話是怎麼一回事。

從美麗島第一好漢開始，到民進黨意氣風發的黨主席，施明德不但是台灣人心目中的英雄，也曾是眾所景仰的神主牌。也許是這樣的崇高地位，使他想起耶穌基督要愛敵人的諄諄教誨，於是就背起了大和解的十字架。不過，在新約聖經裡的耶穌是教人要彼此相愛沒錯，但見著不義的法利賽人，祂開口第一句話就是：「你們要遭殃了——」

把聖經的奧義演化爲政治權力場上敵我不分的亂序，使施明德走上江河日下的不歸路。立委落選證明他愛敵人卻不爲敵人所愛，一年後南下高雄，敵人更使他成了一個被遺忘的存在。

比起同病相憐的張博雅，施明德還是一條漢子。他在政治權力場子裡下的每一注籌碼，都是靠他自己用生命與熱血掙來的，其中並無父祖遺蔭。充其量，也只是一個性好豪賭的浪蕩子，而非揮霍祖產的敗家女。

英雄白髮有時正像美人遲暮。此時此刻，施明德就像最後一夜的金大班，在舞池裡一、二、三……一、二、三地舞著。如果上天憐憫，這應當是他最後的一首華爾滋了。

屬於救贖的光環

李登輝對兩國論的堅持，像要帶來火與劍的基督。如果他有光環，也應當是一種屬於救贖的光環。而非那種以地方議員席次多寡來計量的什麼莫名所以的政治光環。

台聯在北高兩市議員選舉中慘敗，有人認爲李登輝的政治光環已經褪色，台聯主席黃主文召開記者會予以反駁，強調李前總統的政治光環並未褪色。

以「政治光環」來論斷政治人物其實並不很恰當。因爲所謂「怕熱就不要下廚房」所形容的是政治圈的渾濁與污穢，與光環所代表的宗教本質是有點格格不入的。

可是，西方的民主政治就某一個角度來說，就是在這種南轅北轍的矛盾律中形成的。美國神學家尼布爾就說過這樣的名句：「人具有正義的能力，使民主成爲可能；人具有不正義的傾向，使民主成爲必要。」這句話清楚而明白地說出了民主政治的本質。

要舉一個例子來說明這種民主政治的特質，美國的第六任總統約翰·昆西·亞當斯應當是最恰當的。

亞當斯是一個未上台就政治醜聞纏身的總統。當時美國的總統選制是在全民普選中未達絕對多數選舉人票者，必須再經由眾院投票產生。亞當斯因爲與眾院議長柯雷進行所謂的暗盤交易而成爲各界攻擊的對象，加上他急功近利性好短線操作，以致任內風波頻傳。歷史學家後來以煎熬兩字來形容他在四年任期內的心路歷程。競選連任時，亞當斯又因選情惡劣而無所不用其極，抹黑對手傑克遜的婚姻與私生活，結果仍以一七八比八十三慘敗。

下台後的亞當斯度過兩年的沉寂時期，又出人意表地出來角逐國會席次。當選眾議員以後，亞當斯雖然不改其無所不用其極的個性，但其所關心的國政議題也聚焦在最爲敏感的黑人人權上。不但爲黑人人權在國會聲嘶力竭地不斷提出呼籲，並在最高法院爲當時最引人關切的「艾美斯塔號事件」進行了長達九小時的辯護，詳盡地闡述了美國「人生而平等」的立國精神，他最後並說了一句使人印象極爲深刻的話：「爲什麼不承認黑人也是人，是害怕引發戰爭吧?戰爭有什麼好怕呢?該來的，就讓它來吧。」

通過了火與劍的洗禮，美國在南北戰爭以後，逐漸成爲一個民主而平等的國家。由於對人權的貢獻，亞當斯後來被尊崇爲具有遠見的人權鬥士。他的轉變，當然與連任失敗下台的慘痛教訓有關，這也符合了尼布爾所強調的民主特質。

李登輝在總統任期快結束時所拋出的兩國論，乃至成立台聯黨，到最近批判蔣經國、連戰是外來政權的代表，風格神似爲黑人請命時期的亞當斯。他對兩國論的堅持，更像要帶來火與劍的基督。如果他有光環，也應當是一種屬於救贖的光環，而非那種以地方議員席次多寡來計量的什麼莫名所以的政治光環。

佛與魔

陳履安在滾滾紅塵裡不甘寂寞，一會兒要選總統，一會兒要搞大把鈔票去經商發財。與其說他是居士學佛，倒不如說他是有點著了魔，還正確些。

陳履安到中國大陸經商不順吃了虧，新聞報導以踢了鐵板來形容，意思好像是有點出人意料之外。其實，對於一名中國大乘佛徒來說，如果他不好好遵守外儒內道、清淨無爲的規格，老是妄想在滾滾紅塵裡瞎搞些爭權奪利的鬼名堂，踢鐵板是肯定會碰到的糗事。

稱陳履安是中國大乘佛徒，是因爲目前在台灣的中國大乘佛教的面目，已與早期釋迦時代的佛教有了非常大的區別。釋迦時代的佛教，在釋迦生前所定義的三法印裡，最後也是最重要的一印就是「寂靜涅槃」。這一印是根據前兩印「諸行無常」與「諸法無我」而來。因爲無常，所以有苦，因此佛徒追求的是涅槃的「寂滅」。而「佛」這個字也就是定義在「人的寂滅」之上。但在釋迦寂滅後的數百年間，大乘佛教出現了「地獄不空，誓不成佛」的理論，這當然是不可能的任務。於是在佛教傳入中國以後，堅毅如達摩者也只能雖面壁九年而無解，還要找禪師爲他安心。達摩之後，大乘佛教本土化爲中國大乘佛教，其間很自然就融入了中國儒家與道家的思想。

而這種釋道儒三合一的中國大乘佛徒最標準的典型，應該是清末民初的弘一大師。在弘一大師身上，外儒內道、清靜無爲的特質最爲明顯。他最有名的一句話就是「老實念佛」，這跟達摩的面壁九年有異曲同工之妙。既然「地獄不空，誓不成佛」是不可能的任務，那除了老實念佛以外，人還能做什麼。也因爲如此，佛徒所唸的「南無阿彌陀佛」涵攝了無量光與無量壽兩種功能，因爲非無量光與無量壽就無以化解地獄永在的難解習題。

陳履安當然不會清楚這些道理，其實這錯也不在他。因爲民國三十八年隨國民黨來台的僧人良莠不齊，有人長得腦滿腸肥，行事風格就像鉅商富賈，把佛教當遊樂觀光事業去經營。有人則陰陽怪氣、裝神弄鬼，以聚斂財寶爲己任，把佛殿建得宏堂偉構、金碧輝煌，恐怕連蓋阿房宮的秦始皇都要自歎弗如。陳履安跟著學樣，當然會在滾滾紅塵裡不甘寂寞，一會兒要選總統，一會兒要搞大把鈔票去經商發財。與其說他是居士學佛，倒不如說他是有點著了魔，還正確些。

其實，這正也是中國大乘佛教中所謂「不二法門」的問題之所在。這種一是二、二是一的錯亂思維，向紅塵重力下墜時，就會導致貪戀權勢與金錢的弊害，而出現佛與魔同體的症狀。侈言佛來殺佛、魔來殺魔，不過是自欺欺人爾。

至於九六年總統大選前，陳履安說要難捨能捨歸還公家官舍，事後卻食言而肥，至今仍與政府爭訟不休。這不但中了佛教貪瞋癡三毒的第一毒，還犯了五戒中的妄戒——說謊。通通是內中著魔的外證。經商蝕本，比起來還是小事一樁。

地獄之門

所謂「黨國佛教斂財主義」其實是國民黨來台所全面進行的「黨國資本斂財主義」的聚斂行為之一支。這種宗教斂財主義在國民黨垮台兩年多後仍屹立不移，證明了政治改革的後續改革之繁複與困難。

地獄存在於宗教的報復主義思想中，人如果爲惡而至臨終仍不知悔改，則會面臨地獄的懲罰與折磨。這使人類爲惡的邪念受到抑制，但很奇怪的一件事就是，以引導人向善爲主的宗教團體，在金錢與權力迷惑中，卻往往大敲地獄之門，爲惡而又自以爲是。

在西方，最有名的宗教爲惡的史證就是馬丁．路德的存在。馬丁．路德嚴詞抨擊天主教會發行贖罪券的斂財詐騙行爲，而導致教會有必欲除之而後快的心理。至於更早的宗教法庭審判，其燒死異教徒的行徑，則更爲殘忍可怕。教會不但成爲理性主義者如伏爾泰所攻擊的對象，到晚近，連篤信上帝的托爾斯泰，亦多次嚴詞批判教會。

在台灣，民國三十八年國民黨從中國大陸潰敗來台以後，在佛教界開始興起一種殊爲怪異的宗教行爲與氣氛。和國民黨同來的僧人與當權者互通聲息而無視於生民之苦難，以貪戀錢財、聚斂錢財爲職志，而且建構起一種專制帝王之集體主義，與統治台灣的政權同步相應。

美麗島民主運動人士遭到蔣家政權的壓制與逮捕時，星雲就以上電視講話的方式宣傳一種專制封建的教條，把民主運動分子定位爲大逆不道的刁蠻之徒。六四天安門大屠殺，引發舉世對中國統治者血腥暴行的譴責，唯獨星雲到北京中南海朝聖，而與屠夫李鵬大握其手，臉綻彌勒笑臉而不以爲恥。後來爆發的八千八百萬元被詐騙案，更暴露了這種「黨國佛教斂財主義」惡行的狐狸尾巴出來。

所謂「黨國佛教斂財主義」其實是國民黨來台所全面進行的「黨國資本斂財主義」的聚斂行爲之一支。這種宗教斂財主義在國民黨垮台兩年多後仍屹立不移，證明了政治改革的後續改革之繁複與困難。

至於九二一震災後，在各界非議聲中興建完成的中台禪寺，則更把黨國佛教斂財主義推向更深一層的宗教專制帝王主義的境地。若非帝王主義作祟，何來阿房宮式的佛殿？這種極其窮奢之能事的宮殿，不啻宣布了樸素的釋迦本懷與教諭的消失與破滅。而其巴結權貴、漠視社會下層民眾與災黎的心態，則與耶穌時代的法利賽人毫無二致。

台灣五十多年來的這種黨國佛教歛財主義所浸養出來的佛徒，以最近到中國大陸魔行鬼域鎩羽而返的陳履安為最典型的代表，呈現一種佛魔同體、貪權戀財的特質。

而台灣人過度老實幾至愚昧地以大量金銀財寶供養這類僧人，縱其作孽而不知自省，使其日日敲打而不以為意，被敲打不綴的地獄之門，早晚會為這批欺世盜佛之徒而開啓。因為地獄之門總是會為不知悔改的貪權戀財之徒而開，這必將也是台灣人因愚昧所造成的罪業之一。

法官與邏輯

用陳定南的觀點來檢視法院，當然是問題一籮筐。比較公平而客觀的方法，應當是用法官自己的說法檢視法院的作業可能會比較超然周延。

法務部長陳定南重砲轟擊法院，司法院長翁岳生則不留情予以還擊。眾多法官也都認為陳定南干預審判，一時之間，公說公理，婆說婆理，好不熱鬧。

用陳定南的觀點來檢視法院，當然是問題一籮筐。比較公平而客觀的方法，應當是用法官自己的說法檢視法院的作業可能會比較超然周延。

雖然說法院經常在審理案件時呈牛步化而遭詬病，但此一事件十二月二十七日在各報以頭條見報當天，《中國時報》十五版已登了一篇署名為張升星的法官所寫的專論。

這篇題為〈緩慢　但是堅定〉的專論旨在駁斥陳定南對於法院的抨擊，從標題就可看出一些端倪。文中一開始就引述了美國最高法院外的燈柱下，是由四隻用石頭雕成的烏龜乘載著。意指這四隻烏龜代表的是最高法院的格言：緩慢但是堅定（slow but steady）。

這篇文章開頭寫來意境非凡，也頗令人感受到美國司法的神聖凜然。問題是，陳定南批的是台灣的法院，而不是美國的法院，更不是兼具大法官會議及司法院功能的美國最高法院。

吹捧了美國最高法院一番，黃升星法官開始回頭評斷台灣的法院，在最後談到了鄭太吉案審理的荒謬與遲緩，又冷嘲熱諷地批判剛判無罪的華隆案。於是，對於台灣的法院。黃升星的看法是「和美國的司法實務比起來，人家是緩慢但是堅定，我們則是緩慢而且愚蠢（slow but stupid），我們如果也弄四隻烏龜在最高法院門口，社會各界一定會有全然不同的詮釋，信不信？」（全段文字引自黃文最後第二段）

這樣的論點，與陳定南的觀點十分吻合，也符合社會大眾對法院之所以詬病的原因。但這篇文章的結論竟是，速度快慢與否並非重點，品質控管才最重要。然後又砲轟陳定南對黃任中裝病的鐵口直斷不敢恭維，又以質問余陳月瑛步履蹣跚、形容憔悴是裝病還是眞病？來作爲這篇文章的結論。

就程序而言，黃任中與余陳月瑛的案件，均在檢察系統偵查，與法院無涉，即使以法官身分發表文章，應當無權加以評論。就邏輯來說，七老八十的余陳月瑛應當比五十開外經常與名媛鶯燕同進同出的黃任中裝病的可能性要低出很多。這不但是邏輯，而且是國中生程度就會有的常識，竟然我們的法官會分不清楚！有了這種法官，難怪我們會有「緩慢而且愚蠢」的法院。

評張作錦的阿Q哲學

張作錦以李登輝將政權轉移給「正港台灣人」為罪證，證實江澤民給李所定的台獨罪是正確的。照此邏輯，總統候選人應規定非正港台灣人？這不只阿Q，而是愚蠢又錯亂。

魯迅第一次開始發表他後來極著名的小說《阿Q正傳》時，用的是「巴人」的筆名。這是一個很顛覆性的作法，作家是知識分子，居然以下里巴人自居，自比爲鄉巴佬，加上他的阿Q又是下等人，於是就有人看不慣，寫信給編輯，認爲怎麼登這種亂七八糟的東西，表達了他的不悅。

這個人到底後來弄懂了魯迅的阿Q還有阿Q哲學沒有，好像在魯迅相關的文學資料裡也沒有肯定的答案。但有一點可以肯定的就是，魯迅的《阿Q正傳》走紅了兩岸三地幾十年以後，仍然有人搞不懂魯迅到底在寫些什麼。或者說，他搞懂了，可是因爲基因的關係，或者是文化認同的關係，他還是會經常說一些，或者幹一些當年魯迅筆下的阿Q所幹過的事。這正也是魯迅存在的意義，他指出阿Q正是中國人精神症候群的表徵，而既是族群共同的精神症候群，要徹底根治恐怕就很困難。

最近在《聯合報》副刊上讀到張作錦的感時篇〈江澤民比沈君山更了解李登輝〉，就發現這篇文章呈現出來的觀點，正正就是這種阿Q的哲學。

這篇文章主要是在強調沈君山對於兩岸和平的努力，這是事實的陳述，基本上並沒有錯。問題出在張作錦畫蛇添足式的按語。他形容沈君山舌辯江澤民，頗有可觀之處，不亢不卑，有「說大國，則藐之」的氣概。最後這段「說大國，則藐之」跟阿Q一樣，都是很逗笑的。民國三十八年，國民黨是用「我軍一退千里，共軍追趕不及」（引自當時《中央日報》新聞標題）的速度被打來台灣，毛澤東當時還自豪地說他的政權是槍桿子打出來的。張作錦要藐之，這不是阿Q是什麼？也許有人會說，這已經是歷史了。那現在呢？現在中共是在對面裝了四百枚飛彈準備伺候台灣，還說中國是愛好和平的民族，不會以武力對付其他的國家，但卻特別強調此一原則不包括台灣，因爲台灣不是一個國家。張作錦還能「說大國，則藐之」，這恐怕是二十一世紀的新阿Q了，三十年代魯迅筆下的阿Q見了新阿Q，還得脫帽敬禮以示不如。

至於他在文中強調江澤民比沈君山更了解李登輝，是指江澤民認爲李在搞台獨。張作錦則以李登輝將政權轉移給「正港台灣人」爲罪證，證實江澤民給李登輝所定的台獨罪是正確的。那照這個邏輯，總統候選人是應當規定不能有「正港台灣人」的身分囉？這不只是阿Q，而是愚蠢又錯亂了。

張作錦這篇文章登在一月二十三日的聯副，當日的主題文章是陳墨的〈我看英雄〉。不管你同意不同意他對電影《英雄》的觀點，這是一篇好文章。而副刊應當也是談文論藝的地方，偏就有像張作錦這類奇怪的半調子文人，定期寫些政治性的東西，搞髒了版面，好像桌上一桌豐盛的好菜，卻有人放了一坨臭不可聞的東西在上面，實在很是令人反胃。

尿壺與強身膏

很多人對連戰跑到美國學美國人感謝上帝讓他生為中國人非常感冒，這是因為台灣人對強身膏的笑話不太了解。否則以連戰的家學淵源，他的搞笑能力應不止於此的。

在日據時代，有兩個很是令台灣人爲之氣結的黑色笑話，一個是辜顯榮的「尿壺」，另一個就是連雅堂的「強身膏」。之所以用「就是」，是因爲連雅堂的孫子就是連戰，而連戰最近也在美國製造了一個很是令台灣人爲之氣結的黑色笑話——感謝上帝，我是中國人！

台灣是因甲午戰爭而割給日本。這是一般人都知道的史實，但大部分人對甲午戰爭的來龍去脈卻不太清楚。其實，日本與清朝早先在朝鮮就結了怨，原因是朝鮮有一批革命分子想推翻專制腐敗的當權者，日本支持前者，清朝則支持後者。當時力倡「脫亞入歐論」的國師級人物福澤諭吉有一批學生跑去支持民主革命派，事敗後被殺。於是甲午戰後，福澤寫了一篇類似天道得償這類的文章來告慰因朝鮮民主革命而喪命的學生在天之靈。這是甲午之戰的部分原因，另外的原因，當然就是大家所熟知的在二次大戰之前，日本人是好戰而具有侵略性的。

至於福澤，不但是明治維新時期爲明治天皇所尊重的一位國師級人物，也是慶應大學的創辦者。他的「脫亞入歐論」一直到現在都是日本的國政方針，包括了日本的民主議會、美日安保條約等。現任的首相小泉純一郎也是慶應大學出身，從他的言行，也多少可以看到福澤的一些影子。

台灣被割與日本以後，整個社會陷入紛擾不安，當時在台北城的辜顯榮於是出城引領日本人入城。此舉頗引起台灣人的憤慨，紛加指責。辜顯榮則爲自己辯解，聲稱自己是和平主義者，並且把遠在印度的甘地也拉進來，自封爲「台灣的甘地」。於是當時的《台灣民報》上，有位詩人寫了一首詩指「辜顯榮比顏智，好比尿壺比玉器」。「顏智」就是「甘地」當時的另一種譯音。從此，台灣的文士一講到辜顯榮都會講到這個尿壺的笑話。

至於連雅堂的強身膏，是因爲台灣當時的有志之士以林獻堂等人爲首，齊力反對日本在台灣的鴉片合法銷售制，主張禁絕鴉片。博學的連雅堂於是公開在報章上發表論點，傾其治《台灣通史》之功力，由各種角度、各種觀點，還包括了他的台灣史觀來證明一件事——鴉片對台灣而言，尤其是台灣人來說，是強身膏，不宜也不能禁。

這眞眞是個很令人絕倒又黑透了底的世界級大笑話！

所以，很多人對連戰跑到美國學美國人感謝上帝讓他生爲中國人非常感冒，這是因爲台灣人對強身膏的笑話不太了解。否則以連戰的家學淵源以及他出身台大又拿到「諾貝爾獎滿街跑」的美國芝加哥大學博士學位的功力，他的搞笑能力應不止於此的，說不定過幾天他又搞一個更絕的出來。至於李登輝說他是「憨人講憨話」，那是長者缺幽默感的觀點，對年紀較輕的人，並不是很合適的。

有情人終成眷屬

連宋配這樁泛藍勢力的政治大聯姻並非全無隱憂，蕭萬長、張昭雄何去何從？加上馬英九的潛在威脅，這齣在元宵節前登場的情人節戲碼，勢必詭譎多變。

眾所矚目的連宋配，在邱毅宣布連宋兩巨頭將於情人節會面以後，連戰也以「琴瑟和鳴」來為這場會面譜出序曲，看來這對歡喜冤家，真的是好事已近，就要在羊年開春元宵節前圓一場有情人終成眷屬的美夢。

可是，這場泛藍在野勢力的政治大聯姻，也並非全無隱憂，所謂「只見新人笑，不見舊人哭」的陰影，並未全然散去。與連戰搭配的微笑老蕭，固然是在擔任副主席以後沉穩內斂謹守沉默是金的原則，真正成為一個沒有聲音的人。但他是否逐漸向綠營傾斜，一直是政治敏感人士的觀察點，以老蕭與李登輝的公誼私情，這種觀察並非全無來由。很多政壇人士將李登輝的台聯黨視為國民黨的第一次分裂，預言還會有第二次分裂。這個第二次分裂的時間點，很可能就會落在下次的總統大選與國會席次改選期間，所謂李登輝光環是否褪色的考驗，也將在這個期間到來。

比起沉默寡言的蕭萬長，與宋楚瑜搭檔失利的張昭雄，無疑是一名不折不扣的大聲公。首度傳出連宋配時，張昭雄立即棒打國民黨的黑金痛處作為回應，讓連戰與林豐正因為急於撇清而搞得灰頭土臉。後來又傳出連張配加上宋楚瑜擔任行政院長的最新組合，也無法令人不聯想到是企圖心旺盛的張昭雄在私底下鴨子划水所產生的創造性構想。因為只有這樣的組合，張昭雄才會有免於被邊緣化的可能。當連宋配定局以後，用什麼封張昭雄的砲口？如果不是行政院長，起碼也該是個副院長吧！

除了往日副手的潛在威脅以外，最近開始傳出的馬力強與馬王配，就地理版圖的觀察，都是馬英九要乘北市長選舉大勝餘威南下，往桃、中、高躍馬中原的徵兆。證諸於連戰對連馬配的搖頭不語，與頻頻誇讚胡志強也是個好人才，顯然連戰也多少發覺，臥榻之旁已有馬鼾之聲。在馬英九的台北市小內閣中，不尋常地有前台中市交通局長林志盈，與曾競選台南縣長失利的吳清基，在在都證明，對下屆總統大選參選與否拒不作答的馬英九，並非毫無準備。

所以，這齣在羊年元宵節前登場的情人節大戲，戲碼勢必詭譎多變，有情人終成眷屬或可預期，但能否永浴愛河、早生貴子、雙雙對對、萬年富貴，那可就只有天知道了。

兩千年大選的一則小故事

在還沒有美麗島事件前，呂秀蓮代表的是台灣新女性運動的前行拓荒者。在總統大選後，與備位元首的副總統角色，出現難以避免的認知上的內在問題。

公元兩千年的總統大選時，陳水扁台中市競選總部，有天曾經出現過一個很有趣又令人印象深刻的景象。

有位扁迷帶了一個小扁迷來總部蹓躂，這在當時是常有的事。比較特殊的是這位小扁迷大概只有三足歲左右，拉著爸爸的手就走到工作人員的工作檯後方，望著總部最顯眼醒目的大型看板裡面的水蓮配的阿扁人頭照，很興奮地跳著喊：「阿扁仔！阿扁仔！」好像光只這樣邊跳邊喊就讓他覺得很快樂。

小扁迷跳了幾下，喊了幾聲「阿扁仔！」過癮以後，就想踅到別的工作區去蹓躂了。這時他的老爸卻拉住他，不讓他走，小扁迷很納悶，老爸做啥呢？

老爸指著水蓮配的看板裡的副總統候選人呂秀蓮的人像問小扁迷：「啊這是誰？」

小扁迷於是露出一臉疑惑的表情，皺著他三歲的小眉頭，小腦袋裡絞著腦汁……

「阿——」這個小扁迷似乎如此推測，既然一個叫「阿扁」，旁邊這一個一定也是叫「阿」什麼的。

忽然，小臉上露出豁然開朗的快樂表情：「阿媽！」

當他這樣叫出來時，裡面的工作人員都笑了起來。有一個朋友還上前摸他的小腦袋說：「巧，聰明！」

每次回想到這件事情，總覺得這件事不但有趣，而且也很有意思。誰說三歲的小孩子不懂事呢？有時候，仔細來分析，小扁迷這「阿媽」兩個字，不管從那個角度來看，都是一個極其正確的直覺與反應。

很多人總認爲呂副總統是美麗島事件受刑人，所以輩分足，但在還沒有美麗島事件以前，呂秀蓮這三個字所代表的已是台灣新女性運動的前行拓荒者。在那個時代，這樣的角色比一般的民主運動者在社會裡，所要承受的壓力，甚至是更爲吃重。這種「千山我獨行」的前行拓荒者的角色，在公元兩千年的總統大選以後，與素來所謂的備位元首的副總統角色，開始出現了難以避免的認知上的內在問題。

如果要把呂副總統這幾年來所發生的一切言行，再加上她最近關於副總統人選的看法，以及表達看法的方式與過程，比較能使人釋然的一種想法，大概就是認同兩千年陳水扁競選總部那位小扁迷的作法——叫一聲「阿媽！」。誰曰不宜？嘿！

德川家訓

其中應以德川家訓比較能符合當前公共政策制訂的需要，此一觀點也許不完全正確，但至少能避免不必要的困擾與摩擦。

公元兩千年總統大選之前，民進黨內突然掀起一陣德川熱，諸多黨內有識之士認爲，要打贏選戰，如以德川家康爲師，必能穩操勝劵，取得中央政權。

如果是以當年台北市敗選警醒自惕的角度來看德川家康建立幕府之艱辛與不易，這股德川熱也許是正確的。但如果以贏取中央執政權爲目標而引發德川熱，則觀點與角度就有點問題。

在日本建立長達兩百七十多年的德川幕府之前，日本是處於四處大名（諸侯）割據的戰國時代。而戰國時代之結束，實肇始於織田信長所謂「天下布武」的時期，此一時期之社會特徵是軍事武力激烈衝突。這不但有時代的因素，也是織田信長的性格使然。織田死於本能寺之變後，社會的風格也開始轉變，因爲當時日本形式上的共主是太閤豐臣秀吉。出身寒微被稱作「猴子」的豐臣厭惡殺戮，於是以溝通、妥協爲化解衝突的主軸。豐臣因病去世以後，蟄居關東江戶一隅的德川成爲勢力最爲強大的諸侯，與豐臣舊部決戰於關原之役時，天下大勢堪稱早已底定。

所以，以一個現代國家的形成而言，日本是經歷了強烈的武力衝突，再過渡到妥協共生，乃至於德川家康繼豐臣之後建立了長遠的幕政穩定期，而有了一個整體國家之芻形。

而在歷史的進程當中，德川政權存在的現代意義，應當是德川家康在垂暮之年，親自廢長孫指定次孫家光爲三代將軍而在臨終時對其耳提面命的「德川家訓」。家康本人當時的身分是「大御所」，這有點像中國的太上皇，不過是措辭稍微文雅一些。其家訓就是老一輩日本人甚至包括台灣人很熟悉的「人生如負重擔爬坡走遠路，一切不得急躁……」，用現代的語言來說，就是「忍辱負重，深謀遠慮」。這聽來簡單，可卻是德川畢生經營軍事、內政、外交的心血結晶。何謂心血結晶？舉一顯例來說明，德川在早期與織田結盟的時期，爲了取信於織田，竟斬下最鍾愛的嫡子首級送交織田。

所以，在整個德川政權由地方性的諸侯茁壯至成爲統一天下的幕府，其政權的特質除了耐心的等待與以靜制動以外，大概就是永無止盡的屈辱與靜默了。這種政權特質使得德川精心設計了相當縝密的封建制度，並維持了兩百七十多年的穩定期。究其核心，也就是德川學的重點，就是德川家訓。

現代民主國家社會內部衝突不斷、要維持四年一任乃至兩任八年都殊爲不易。台灣社會目前內外情勢尤爲特殊，公元兩千年曾引發的德川熱，在紛亂不止的此時，如果具有意義，其中應以德川家訓比較能符合當前公共政策制訂的需要，此一觀點也許不完全正確，但至少能避免不必要的困擾與磨擦。

福澤主義的冬天

一九九九年前小泉純一郎擊敗媚中的橋本龍太郎，如今卻對中國低聲下氣，甚至拒絕李登輝前往慶應大學演講，怕中國怕成這樣，難怪李登輝以「閹牛」取笑日本政府。

李登輝前總統在批評日本對中國的態度時，以「被閹割過的牛」來形容，這是一句非常難聽的話——尤其是對慣用台語思考的人而言——但確是一針見血的批評。

如果用一種比較文雅的方式來比喻，並且能符合日本現代史的發展，應當是日本明治維新以來所走的福澤主義的路線，顯然是走進了冬天。

最爲具體的眞實圖像，是日相小泉純一郎一改往例提前半年在元月的寒風中前往靖國神社參拜。這樣的圖像具有深刻的歷史意涵。

許多痛恨日本軍事帝國主義的人，喜歡將矛頭對準福澤諭吉，因爲福澤曾經贊成征韓，又在日清甲午之戰後公開撰寫文章認爲日本打敗清國是正義戰勝邪惡的表徵。甚至連明治天皇在東京上野公園爲主張征韓的大將西鄉隆盛立銅像，都歸咎於福澤主義作祟。而福澤主義的核心就是「脫亞入歐論」，福澤認爲清、韓兩個鄰國是專制、腐敗、封建、野蠻又不文明的惡鄰。最近在學界很盛行的所謂東西文明的衝突論，最早在亞洲的引爆點，應當就是福澤主義在日本的發端，而福澤本人又是倡議歐化、培養歐化人才的慶應義塾，也就是慶應大學的創辦人。

小泉純一郎在一九九九年得以擊敗媚中的橋本龍太郎成爲日本首相，就深層的意義而言，也是福澤主義的作用所致。小林善紀的《台灣論》所表現的就是一種比較激情的福澤主義，這促成了贊成李登輝訪日的小泉在初選中因李登輝旋風而逆轉擊敗極占優勢的橋本。如今連慶應大學出身的日相小泉都對中國低聲下氣，慶應大學甚至以極不友善的態度來拒絕李登輝前往該校演講，怕中國怕成這樣，難怪李登輝要以「閹牛」來取笑日本政府了。

日本的對華政策開始向中國傾斜，應當是始自田中角榮。田中角榮以暴發戶的身段坐上總理大臣的寶座以後，急於在中國這個大市場上揮舞日本第一的經濟大旗。結果造成了日美之間的心結，而後美國爆出洛克希德公司索賄案導致田中垮台，官司纏身抑鬱以終的結果。其女田中眞紀子在小泉內閣擔任外相對美國一向不假辭色，與這段恩怨不無關係。至於她虛報浮領公帑，其實也正是田中家風之餘緒，識者並不以爲奇。

福澤主義走入了冬天，但並不表示春天不會再來。金大中坦承匯了兩億美元給金日正作爲南北韓和平秀的價金，北韓天天威脅要對美國打核子戰爭，在在都顯示福澤諭吉所說的惡鄰，隔了一個世紀以後，仍邪惡如昔。

美國副國務卿阿米塔吉，對中國面對北韓以核武恫嚇南韓與美國的態度十分不解，認爲中國口頭反對，實際上並未加以制止，是中國患了精神分裂症。這是阿米塔吉不了解福澤主義所致，要不就會洞悉這是一種唱雙簧的新式演出。這種把戲繼續玩下去，難保福澤主義不會再抬頭，日本最近不但已有檢討親中的聲音，也對軍備的提昇有更積極的討論，就是最好的證明。如果連李登輝所說的武士道再加上去，那亞洲的遠東情勢，恐怕就會愈來愈熱鬧了，美國不是已經說要在東北亞設立軍事司令部了嗎？

二月的默禱

二二八不只是台灣人的夢魘，更見證了台灣的悲情時代，而今享受自由民主時，更應感念先人的犧牲。

二月，應該是一個屬於台灣人的月份，這個月份，見證了台灣人的傷心歲月。

一九四七年的二二八事件，台灣人面對了來自中國軍隊無情的鎮壓與殺戮，然後開始思考一個問題，台灣人是不是也是中國人？不如是思考的人更多，他們以一種敵意的口氣稱中國人是外省仔、阿山仔，還有一些更難聽但卻不太適合形諸文字的稱謂。

二二八事件當然是一個分界點，但一個族群意識的累積，通常不會在一個單一的點上形成。日本人在甲午戰後接收台灣時，面臨各種武力抗爭，對日本進行抗爭的台灣人，仍奉清為正朔，以大清王朝為祖國。對此一大中國意識最堅持的是簡大獅，他在西來庵起義失敗後，逃到了北京。當他的腦袋被大刀砍下來的時候，裡面充滿一個大問題：我不是回到了我的祖國了嗎？

這應當是台灣人意識最早的一個萌芽點。

二二八事件後，台中最著名的領導人謝雪紅，逃回祖國當中國人，但她很難全然忘記台灣，於是她在中共裡指出，台灣有其特殊性，與中國其他地方不同。這是很簡單的一個事實，結果被中共打為搞分裂的地方主義者。在文化大革命時更被打為黑五類，在無情的批鬥與迫害中，悲慘地結束了她作為一個中國人的下半生。

二二八不只是台灣人一個鬼魅般的夢魘，其所形成的台灣人民主覺醒意識，也成為統治者必須除之而後快的一個重點。美麗島事件發生後的第二年，一九八〇年的二月二十八日，美麗島事件受刑人台灣省議員林義雄律師的家中，爆發了震驚世人的林宅血案，林家祖孫慘遭利刃喪命，凶手選在這樣的日子動手，很難說是一種無意識的巧合。

美麗島事件的史料公布了，但誰來公布林宅血案的眞相呢？門口、巷口、路口各有憲兵、警察、情調單位輪組封鎖警衛監視的屋子裡，竟然被發生這樣的血案，兇手不是政府，還能是誰呢？

彭孟緝還活著時，每年二二八當天，都會有一群冤枉被殺死者的家屬，弔起白布，捧著靈位，用麥克風大聲呼喊，彭孟緝，還我爸爸的命來！聲音很是淒厲。

美國開國元勳傑佛遜曾如此說過：「自由之樹必須靠著愛國者與暴君流的血使之茂盛茁壯，那是它的天然肥料。」

新時代在台灣吸收新鮮自由民主的空氣時，尤其在二月這樣子的月份裡，更應該把傑佛遜這句話當成禱詞，在心底默念幾遍。

與死神共舞的荒謬劇

人間最大的荒謬莫過於生命無故喪失。在台北市對抗SARS這齣戲裡，人與死神共舞，成為荒謬的主體。

台北市對抗SARS的經過，其實是在很荒謬的情況下揭開序幕的。

一個對中央砲火全開的台北市衛生局長邱淑媞，終於在台北市立和平醫院爆出一個抗SARS的大黑洞以後，以不打口水戰爲理由，拒絕再與中央做任何對話。在噴了一大堆口水以後，邱淑媞顯然發覺，和平醫院的大黑洞讓她與她的那一大堆噴過的口水，已成爲既好笑又可悲的一則黑色笑話。

邱淑媞接著在和平醫院現場所演出的第一幕，是跟在葉金川的屁股後面，穿了一身上化武戰場才需要穿的全副武裝外加一隻氧氣筒，擺出一副很cute（很逗）的動作——

雙手各張開V字型的勝利手勢，故作嬌美輕鬆狀走入和平醫院。這是一個極其荒謬的動作，是一個心底對疫病與死亡極其畏懼的人，卻以肢體動作演出了一則這樣的謊言：「SARS，其實沒有那麼嚴重啦！」

和平醫院護理長陳靜秋的死亡，對戴著氧氣筒又擺出很cute動作的衛生局長邱淑媞來說，是一記很沉重的鞭打。面對這樣的鞭打，只有高額的補償金再加史無前例的烈士頭銜，才能產生治療與移情模糊焦點的作用。

可是連續而來的數名護理工作人員的死亡，以及台北市衛生局與和平醫院隱瞞疫情的被揭發，證實了類似於北京政府以謊言對付SARS的手法，也曾經在和平醫院和台北市衛生局之間存在過。而「台大被誤植爲和平」這種荒謬的說詞，可能連國中生都無法接受，因「台大」與「和平」並不是兩個類似而容易混淆的醫院名稱。

重用邱淑媞的馬英九轉爲無言，乾脆每天戴起口罩，穿上印有緊急災變處理中心的工作服。但相關的指責接踵而至，於是邱淑媞演出了國民黨時代的老戲碼，辭職——慰留。這樣的老戲碼當然演不下去，於是吳康文被免職成爲平息眾怒的一種方式。

可是吳康文下台的理由卻很奇怪，馬英九與邱淑媞都說是完成了階段性任務！一個醫院的院長被貶爲顧問醫師，是一件很嚴重的懲處。如果我們將「完成了階段性任務」這樣的理由，給予一個合理的語意衍伸，吳康文院長下台就應是「功成身退」了，那台北市衛生局豈不該頒些獎金或獎狀獎賞吳康文了！

這種錯亂的文過飾非的官場惡質文化，其實是所謂棄車保帥的變相演出，不但要保馬英九，更還要保邱淑媞，只能以光怪陸離的理由來讓吳康文下台。與其說這是棄車保帥，其實更像是棄卒保車，和平五條人命枉死所換來的代價，不過爾爾。

荒謬經常與失憶共生，而人生最大的荒謬莫過於寶貴生命的無故喪失。因此諾貝爾獎得主法國小說家卡繆主張人應對抗荒謬。但在中國，甚至在台灣的台北市，人的存在不但與荒謬共存，並在對抗SARS過程中與死神共同成爲這一齣荒謬劇的主體。難怪日本《讀賣新聞》認爲，這是中國國民黨封建勢力之殘餘——馬團隊，對抗中央所產生的惡果。看法眞是一針見血。

陳世美考——贈邱毅

在中國歷史上，根本沒有陳世美這號人物。罵人是陳世美，只能證明邱毅雖有博士頭銜，卻既不看書、也不看戲，又缺乏分析能力。

邱毅罵趙建銘是現代陳世美，罵得很痛快，大概是太痛快了，所以順便把他岳父阿扁總統也拖進來罵了一通，指陳水扁的總統就幹不久了，只剩不到一年的時間好幹。

比起宋楚瑜要用公民投票的方式來把阿扁從總統的寶座上拉下來，學經濟的邱毅顯然要冷靜多了。可是他的說法大約只對了一半，阿扁的任期是到二〇〇三年五二〇沒錯，但下一任四年究竟誰當總統，這恐怕就不是想當經濟部長的邱毅做得了主的。白冰冰在上一次高雄市長大選時罵謝長廷「不是人」，結果把謝長廷的民調曲線罵得向上升，以此微比數打敗了聰明反被聰明誤的吳敦義。可見，罵人不是人、罵人是現代陳世美，快則快矣，但效果如何，恐怕就是那句老話──是非自有公斷了。

大概是想當經濟部長想瘋了，把休假四天未到台大上班的骨科醫生比喻爲現代陳世美，其實是很「阿達」透了的一件事。因爲「陳世美」這三個字自古以來罵的就是忘恩負義的薄情郎，跟休假沒上班的醫師可說是風馬牛扯不上邊，硬把這毫不相干的事扯在一起，就非「阿達」無以解釋了。

但陳世美果眞是一個忘恩負義，只圖榮華富貴的薄情郎嗎？這恐怕得看你欣賞的是那一種戲碼了。民國八十五年十月下旬在國家劇院演出的陳世美，就跟過去傳統上所看到的劇碼完全不同。光看劇名《青天難斷──陳世美與秦香蓮》就可略知一二。這齣戲當初公演後，即因劇情革新又有創意而頗受好評。

何以同樣一個人物，在不同的劇中會有截然相反的不同面相呢？這答案其實很簡單，因爲在中國歷史上，根本就沒有陳世美這樣一號人物。

而根據中國大陸專家的考證，所謂陳世美，其實是清朝順治年間擔任河北饒陽知縣的陳熟美，的確也是因妻子秦馨蓮岳家的資助而考取進士並經派任知縣。漢人想當駙馬爺，在清朝連門都沒有。之所以會被醜化爲忘恩負義又心狠手辣的駙馬爺，是因爲在擔任知縣時婉拒了鄉親的求官，求官未遂的人憤而以影射的方式在戲劇中以「陳仕美」加以醜化，後又再被易名為「陳世美」。

其實就文化觀察的角度來看，台語俗稱「陳世美反奸」一劇的重點不在陳世美，而是包青天。因為包青天是中國官場罕有的公正廉明的代表，是鳳毛麟角般的稀有動物。社會大眾在受夠了貪官污吏的鳥氣以後，當然是希望透過包青天這樣的人物來出一口氣，而忘卻在現實生活中所受的壓迫。台灣過去每次電視上播出包青天，收視率就居高不下，其理在此。陳定南始終是高民調的政務官，也是因為他具有包青天的性格所致。

所以，罵人是陳世美，只能證明邱毅雖有博士頭銜，卻既不看書、也不看戲，又缺乏分析能力。好在中華民國的立委有罵人不用負責的特權，否則經濟部長大頭夢未醒之前，恐怕邱博士就要先上法院吃起官司了。

告別一個語言的舊時代

宋楚瑜曾說：「咱攏死（是）台灣人，我罵死（也是）台灣人。」這位在新聞局長任內禁絕台語的人，現在要學會說流利的台語，真是難為啊！

教育部正式公布台灣四大族群的母語同列國語。一個因爲語言而產生壓迫、猜忌，甚而扭曲人性的舊時代，眼看就要成爲過去，走入歷史的暮靄中。

儘管如此，對於在那個時代出生、成長的人來說，仍有一些記憶難以抹去。

最普遍的共同記憶，大概是上小學的第一天，老師就會開始叮嚀不可說方言，方言，就是閩南語，閩南語，就是台語。比較有責任感的老師還會訂下罰則，不是罰站，就是罰錢。小孩子當然不懂什麼，但是長大成人以後，想到這些童年往事，就幹在心裡，有人甚至就幹出口了。

有一回辜振甫演京戲，很多人誇讚他的唱腔好、功力深。其實這是他的家學淵源，他的父親辜顯榮帶日本兵入台北城，而獲日本帝國男爵的勳位，又得到鹽專賣權而財源廣進。日本人去了，中國國民黨來了，辜振甫晉身爲黨國要員，又一直擔任海基會董事長跟中共打交道，唱京戲地道，是很自然的事情。要不然叫他唱歌仔戲，這可會憋死他。

有一位出了十幾本文學作品的作家朋友，有一次談到語言的問題時，特別提醒說，注意聽吳伯雄說北京話的音調，當他說滿足的「足」那個字時，那種地道的音腔，比北京人更北京。這是一個很細致的觀察，吳伯雄談到他在二二八中死去的伯父時，認爲這是大時代中的一件小事，凡事要向前看。懂得向前看的人，很自然就會把北京話說得比北京人更北京腔了。

李登輝前總統談到二二八時也會說向前看，那時他是總統兼國民黨主席。但他卻始終一直會間歇性地向後看，他向後看，看出來中國國民黨是外來政權，還說了台灣人的悲哀，最近更談到日本人的武士道。這不但是向後看，而是愈看愈深奧了。他罵中共是「阿達馬空固力」、「敢會比阮老爸卡大」用的是日、台語，當然他下了野會組台聯黨了。

語言有時也會害死人，最荒謬的一個例子就是陳澄波。陳澄波不但是才華橫溢的名畫家，還到過中國上海去教美術，又是中國國民黨三民主義青年團的成員。說得一口標準的北京話，自認為是最恰當的和談代表——代表地方民眾在二二八事件中出面與軍方溝通。下場是身上中了六槍，看到紀念展中的歷史照片，穿著整齊、西裝筆挺的身上，開了六個彈孔，兩眼睜得圓圓的，恐怕連上帝也無法回答他的疑問吧！

前兩天的一個餐會上，一位從美國回來的同事提到宋楚瑜講台語的糗事。「咱攏死（是）台灣人，我罵死（也是）台灣人。」一桌人笑開了。宋楚瑜講台語的笑話，還有比這更好笑，更不堪入耳的，只是沒被端上桌而已。有人曾經這樣問過，如果宋楚瑜的台語講得像陳師孟一樣流利，兩千年的總統大選結果會如何呢？這是不了解宋楚瑜的說法，在新聞局長任內禁絕台語的人，要他會說流利的台語，這不只是叫烏龜爬樹，而是要叫烏龜在天上跟老鷹一樣飛了。

馬英九學台語也學得很勤。像他們這種人都在學台語了，或者說，學河洛語了，就像是春江水暖鴨先知，華語，或是北京語一語獨霸的舊時代，就是走到了尾聲，走進了歷史為這個舊時代準備好的墳墓裡去了。

族群飛彈對話札記

對中共飛彈存有幻想者，早年就是被還沒有飛彈的中共，用槍桿子打到台灣來的。而飛彈威脅下的台灣，竟會有對飛彈存有幻想的族群，其所呈現的勇於內訌的中國惡質文化，並不比幫派的血腥惡鬥好到哪裡去。

有一天早晨在植物園裡散步，聽到這樣的對話。

──他媽的，陳水扁再亂搞，中共就要打飛彈過來。

──駛伊娘咧，阿共仔的飛彈若射過來，你爸就不相信外省仔攏未死（都不會死）！

植物園的空氣很新鮮，這樣的對話，經由耳朵吸入人體，卻是非常渾濁的。

李登輝被潑紅墨水，馬英九被吐口水，就是因爲這種方式的對話，不斷的、四處的進行所累積下來而產生的意外效果。

族群的對話方式，如果以情緒出發，必然無法理性。吐口水代表的是一種人格的羞辱，潑紅墨水的意涵也很可怕，含有流血的象徵意義。

如果用比較冷靜的思考方式來分析，可以發現植物園的對話，反映了兩個不同族群各異的思維方式。前者顯然是對中共飛彈有所期待與幻想，而後者所陳述的，則是一種必然會發生的事實狀況。

把這樣的對話放在歷史的顯影劑裡所呈現出來的圖像，其實是很荒謬的。因爲對中共飛彈存有幻想者，早年就是被還沒有飛彈的中共，用槍桿子打到台灣來的。要分析這種錯亂的心理狀況，勉強只能用「敵人的敵人就是朋友」來解釋。

但是，敵人的敵人眞的一定是朋友嗎？這恐怕是很說不準的。很多急著要唱衰台灣的媒體，眞的能到中國大陸去如同在台灣一樣暢所欲言嗎？答案很顯然是否定的。一些在台灣被視爲具有統派色彩的平面媒體，到了中國去，也只被限定台商才能訂閱。「敵人的敵人就是朋友」只是一種假象。

對中共的飛彈存有幻想的人，跟在李登輝身上潑紅墨水的人一樣，都是非理性的報復主義者。在馬英九臉上吐口水的作法雖不足取，動機卻很清楚，是想爲二二八受難者吐一口鳥氣。

這兩天才得到美國演員工會所頒最佳男主角獎項的丹尼爾·戴·路易斯，在《紐約黑幫》裡所飾演的，就是十九世紀中期在美國紐約幫派中的血腥報復主義者。他在所支持的警長候選人落敗以後，以斃掉當選的警長作爲報復。電影與文學一樣，都是由眞實與虛構交織而成，十九世紀中期不但紐約有族群的衝突，整個美國更陷於南北戰爭的內部撕裂中。這部電影反映了美國在建構成爲一個現代化民主國家時，所經歷的一段最爲血腥的陣痛期。

族群對立下的飛彈對話，表面上沒有幫派的血腥衝突那麼可怕，但海峽對面年增七十五枚的六百顆飛彈，卻是一個很可怕的存在。而飛彈威脅下的台灣，竟會有對飛彈存有幻想的族群，其所呈現的勇於內訌的中國惡質文化，並不比幫派的血腥惡鬥好到哪裡去。不過，有一點可以確定的是，中國飛彈一旦射向台灣，那就好像兩百多年前英皇下令鎮壓美洲殖民地一樣，必將是台灣開始成爲一個共和國的最佳起點。那時台灣飛彈妄想症者所衷心期盼的美好時光，也就必將會來臨。

火與劍的洗禮

台灣人如果不願意成為中國的一省，遲早都可能會像南北戰爭時的美國一樣，在火與劍的洗禮中清滌歷史所殘存的一切罪惡，以求浴火重生。

台灣叩關WHO又再失敗，民進黨籍衝勁十足的立委李明憲在日內瓦會議現場大聲抗議，結果被請出會場。透過電視畫面，台灣人在鏡頭裡看到的是，即使在台灣因爲中國傳來的SARS喪失了無數寶貴的人命，而在加入世界衛生組織這種純醫療性質國際團體的過程中，仍然不敵冰冷的國際政治現實，難以如願。

身爲台灣人，當然可以體會李明憲的悲憤之情，他被請出會場，也清楚明白地顯示了一項事實，除非台灣人願意放棄主權獨立的既有事實，跟香港一樣接受中國的一國兩制，否則面對中國各種無情而野蠻的打壓時，就必須有面對更嚴厲的考驗與試煉之心理準備。

如果用一種介乎宗教與政治之間的通俗化用語來形容，台灣如果想在國際社會上確保其獨立自主的國際人格，無可規避的，將面臨一場火與劍的洗禮。只有透過這樣的洗禮，台灣人的國際人格才能完整無缺，乃至傳之久遠。

香港人當年在中英兩國就香港的統治管轄權在一九九七年歸還中國達成協議以後，將九七年的回歸祖國稱之爲「九七大限」，也顯示了一個簡單的事實，香港人寧願當一個被殖民的英國人，也不願意當一個有十幾億人口的偉大中國的國民，這種情況跟台灣在某種國家認同上極其類似，大部分有日本經驗與一九四七年後中國經驗的台灣人，尤其是親身經歷了一九四七年二二八事變的台灣人，在國家認同與文化認同上最所畏懼的，就是再度接受中國統治將會引發另一次二二八事件，使民主與人權自由遭到鎮壓與箝制。

香港人由於地理條件的限制，對於九七大限別無選擇，只有接受。中國隨之而來的對香港自由與人權的壓制，使所謂的「一國兩制」成爲徒具形式的謊言，而謊言其實就是中國文化的本質，中國只有在春秋戰國的大分裂時代才有百家爭鳴的眞理出現，其他的時代大多活在謊言之中。這次的中國非典型肺炎在中國的謊言文化中滋長擴散，波及香港、台灣、新加坡等華人世界，就是這種謊言文化未曾稍減的明證。

美國曾在立國時宣稱人生而平等，可卻蓄黑人爲奴，這種謊言後來以血流遍野收場，罪惡從來只有在火與劍的洗禮中消失。林肯在南北戰爭時向上帝所祈禱的，只是要有足夠的槍枝與子彈；林肯眞是一位虔誠而又有靈性的信徒，才會知道在火與劍洗禮的時代，最需要的是槍枝與子彈。也只有槍枝與子彈才會帶來上帝與基督之愛，而他自己最後接受了這樣的洗禮，成爲美國與世界的偉人。

即使在九二一大震災或目前SARS災疫襲擊全台的非常時刻，中國以謊言野蠻打壓台灣的行徑未曾稍減，海峽對岸的飛彈仍穩定增加。WHO叩關失敗，即是告訴台灣人一個明白而簡單的事實，台灣人應該要面對自己所存活的世界是一個虛構的中華民國。這個國家的名稱，是蔣介石從中國撤退到台灣來以後，用謊言所建立的一個自欺欺人的符號。

毛澤東用槍桿子打出來的中華人民共和國，才是貨眞價實的中國。這是台灣人在面對中國謊言文化時所必須有的自我反省，而台灣人如果不願意成爲中國的一省，遲早都可能會像南北戰爭時的美國一樣，在火與劍的洗禮中清滌歷史所殘存的一切罪惡，以求浴火重生。

INK PUBLISHING
Canon 5
六十七個笑聲

作　　者　王世勛
總 編 輯　初安民
責任編輯　陳思妤
美術編輯　許秋山
校　　對　陳思妤

發 行 人　張書銘
出　　版　INK印刻出版有限公司
台北縣中和市中正路800號13樓之3
電話：02-22281626
傳真：02-22281598
e-mail：ink.book@msa.hinet.net
法律顧問　漢全國際法律事務所
林春金律師

總 經 銷　成陽出版股份有限公司
訂購電話：03-3589000
訂購傳真：03-3581688
http：//www.sudu.cc
郵政劃撥　19000691 成陽出版股份有限公司
印　　刷　海王印刷事業股份有限公司

出版日期　2003年11月 初版
ISBN 986-7810-70-8
定價　230元

國家圖書館出版品預行編目資料

六十七個笑聲／王世勛 著.
--初版，--臺北縣中和市：INK印刻，
2003〔民92〕面；　公分

ISBN 986-7810-70-8（平裝）

078　　　92019030

INK